望东方

熊永富 著

海峡出版发行集团｜海峡文艺出版社

目录

题记

东方欲晓，莫道君行早。踏遍青山人未老，风景这边独好。

——毛泽东《清平乐·会昌》

第一辑　祖国、红土地和我

大地流金，托举祖国那么多村庄

田野以黝黑厚重的身躯

呈献给大山和郁郁葱葱的森林

1

从珠穆朗玛到南沙群岛

当升上天空的第一颗卫星

用美妙的歌声守护

"东方红，太阳升……"

顺着太阳的万千光束

亿万人民，在乐音中仰望苍穹

看看卫星经过自己的村庄是几点几分

三月的春光不愿收起转身的脚步

人间四月，大地芬芳

推开每一扇窗户，天河里歌声传颂

像散落人间的美丽花瓣

告诉城市和乡村关于东方的喜讯

从苍穹鸟瞰东北的黑土地

西北的黄土高坡，辽阔而蔚蓝的大海

在东方，启航的巨轮正开足马力

奔赴理想的高地

闽西，充满生机的祖国之一隅

太阳的光芒，温暖这一片传奇的土地

一双双戴着手套的手在翻阅发黄的扉页

万源楼里的第一个支部，后田的第一声枪响

文昌阁里的第一次大会。古田会议，铸党魂

军魂

……

"二十年红旗不倒"，在风中猎猎鸣响

留下了壮丽的画卷，古田、才溪、蛟洋

史册上熠熠闪光的地名

坑口、伯公凹，松明和烛火照彻的村庄

为春暖花开的祖国，这里的人们
用生命和热血换取自由和土地

在我的身旁
是勤劳和智慧守护了她的成长
八分丘陵勾画出起伏连绵的优美曲线
一分清水，润泽这里的草树鸟兽
梅花山，北回归线荒漠带上的翡翠
华南虎啸傲于山地林间。南方的红豆杉
挺立在海拔一千多米的山间
云霞起落，烟火人间
时光与生命邂逅的礼物
在红土地上家珍如数

2

我的第一声啼哭惊醒了朝霞

大地流金，托举祖国那么多村庄

田野以黝黑厚重的身躯

呈献给大山和郁郁葱葱的森林

汗水和鲜血早已把土地高高举起

阳光照耀庄背庙、文昌阁、廖家祠

当灿烂掩盖我稚嫩的声音

宽厚大地没有留下一片雪的影子

新生的肌肤像晨雾一样洁净

融化的冬雪早已兑现成春水长天

一分田地任由它浇灌

八分山野以它为荣，青山绿水

还有一份顺着江水去了南方

得水润泽的桂花开在老屋的后山

米黄的花朵释放恬淡的清香

青山以妩媚酬谢冬雪

田地以丰收感恩润泽

在东方，在闽西

拥有这样的青山田畴村树山乡

从此，千里春风、沃野山梁

我的世界里徐徐展开的画卷

描绘了一群人、一个冬天

和那一场纷纷扬扬的大雪

3

夏天来了，是洁白的的确良提醒母亲

从冬到夏的距离不只是季节的跨越

生命在花谢花开之间拔节生长

白雪飘飞的天空蕴藏希望、憧憬和梦想

像厅堂里的炭火摇曳着红色的火苗

跳动的心脏，奔腾的热血

让寒冷望而却步。照彻寒夜的火光

映红了每一张关怀苍生的脸庞

或低头沉思，或交流讨论，或仰望苍穹

星子把隐没的光辉渗进雪花

像窃窃的私语，飘飘洒洒地走进

温暖这被黑夜封冻的土地

激情来自某个秋天，丰收后的喜悦

感染了霜降后的枫叶和红灯笼般的柿子

只有梧桐果在秋风里击中寂静的山村

漏出三瓣果实，惊醒午睡的母亲

捡起这些被枝头抛去的种子，榨成油

滴入木板的缝隙，胶合成渡船

任由清水在身外掀起轰轰作响的波涛

我和时光的相遇，也是在冬天

后夜的月光照亮村庄

积木成舟，在长河里飘飘悠悠地走

在母亲精心的呵护下

我羸弱的身躯渐渐地靠近杉树

它看见我快乐的童年

在乡村的小路上蹦蹦跳跳地走

秋天的田野除了稻谷，还有我

还有棵梧桐，还有田埂上

母亲没来得及腾出双手收割的豆子

4

一段激情燃烧的岁月，在闽西
英雄的儿女把血与肉交付给大地
在枪与剑、火与海的对决中淬炼
伸出起茧的手掌，握紧手中的枪杆
向黑夜进发的子弹撞开了春天的大门
花儿盛开，阳光透过杜鹃粉嫩的花瓣
能被书写下来的除了历史
还有在烈火中走过的血肉之躯

山河崛起，波涛汹涌
摆脱羁绊的群马，踊跃成峰峦
在奔跑的风中寻找梦的归宿
一如飞蛾振翅于光影之外

凤凰起飞于积木成焚的篝火

勇敢的跟随者，沿着先驱的脚步

在灯下看见飞蛾依旧完美的翅膀

坠落在篝火旁，嘹亮而邈远的歌声

透过草纸纤细的肌理

触摸那些曾经呐喊的灵魂

生命何所似？山河共长眠

5

跨越或飞渡，一条河的宽度

以梦想为舟，以信仰为桨

当勇气战胜欢笑的浪花

阳明门外的石板上

跳动着叮叮当当的月光

江天寥廓，征帆已经起航

夜夜涛声陪伴着江岸的榕树

围坐下来，翻越或穿行

一座山的高度和一条河的长度

以车以马，直面山尖的锋芒

指向深邃的苍穹

穹庐笼罩的村庄，暮色挨近疲惫的肌肤

在子起棋落间开启一段新的征程

我又一次回到故乡

听见山桐籽砸向大地

沉闷的回响敲打着纸糊的窗花

山桐籽以粉碎自己证明一个季节的荣耀

秋风摇曳翠竹，金谷闪烁其中

在故乡，秋天以特立独行的方式

展示生命的精采

6

沿溪而建的客家新居

宽大的窗户垂直于地面

村庄明亮的眼睛扫视蔚蓝的天空

它一边接纳来自天宇的光芒，一边平视山川

那些不眨眼的窗户，看不见我的世界

透过玻璃窗琢磨村庄和主人的心思

站在村庄的制高点上

看见奔涌的溪流和与天公比高的青山

大地广袤，无论我用脚步怎样丈量

都走不出母亲窄小的手掌心

在语口市的码头

我看不见青春的背影

只看见春草在旧县河的水边

一茬一茬地生长着，高出了绿色的浪花

7

回忆起六月，生命用最磅礴的方式描述季节
杂树葱茏，稻禾青绿，莲花盛开
村树拔节的声响溢出河川
四周律动的气息，像交响的乐音
在古田，那些古老的青砖黑瓦房
装下光阴岁月和英雄故事
三合土夯垒的地板留下了围炉的印迹
冬暖夏凉的地板与黑炭相碰
撞击的火光照亮了村庄

冬天，大雪凝冻
时间的脚步依然前行

上厅左墙上的挂钟面容斑驳

垂手而立的钟摆依然坚定

支撑着时针和分针，永远指向

公元 1929 年 12 月 29 日

星期天，大雪辛勤地从天空来

装饰这八甲的祠堂

为村庄、子民和壮丽山河的队伍

像雪一样的纯净和执着

屋外的时光如梭

墙上挂着依然静默的钟摆

敲打不了遥远的时空

回响在历史的"滴嗒，滴嗒"

是奋进的号角，冲锋的集结哨

冬天过去了，三合土紧紧地抱在一起

展开坚实刚毅的身板。仰望长空的人

踏着坚实的大地，一抬眼就能感受历史的温暖

光鲜洁净的地板任由日光和岁月擦拭

尘埃落地，任由炭火在身上燃烧

留下岁月的黑痣，与挂钟遥相呼应

看见它，思绪被拉回到遥远的冬天

想起跳动的火苗，飘雪的夜空

围炉夜话的人用热血和激情抵御寒冷

说的尽是村庄山川、初心梦想、家国人民

我到古田的时候，和声小学外的莲花

悄悄地打开自己的心扉，向着太阳

诉说着辉煌灿烂的往事

清净爽朗的花香弥散在花树间

一个女孩把自己的微笑装进了相机

带着圣地的阳光和鲜花去旅行

8

为了给九月一个答案

出售木材的商铺已经歇业

深冬，月亮背着冰冷的光

在屋檐下慢慢地踱步

寒光循着夜风填充门槛和窗棂

该怎样激励迷雾中的跋涉者

让梦想种植于大地

让灯光、月影和星火凝集成一把火

照亮夜行的路

拨灯芯，捻笔尖，磨墨蘸汁

油灯下，秉笔疾书的领航者

把寒光和夜风遗忘在协成店的屋檐外

落笔成花是哲人的沉思和智慧的结晶

哪些是激流，哪个是险滩，在凝视中

看见东方欲晓，看见大海中航行的船

看见巍峨的船帆迎着朝霞

桅杆上悬挂着喷薄欲发的日出

穿越黑夜，乘风破浪前行

从此，梦植入了血脉。心灯烛照

跋涉者面朝东方，寒夜里

星火驱赶着寒气一圈一圈儿地消散

在古田，在协成店

我一遍一遍地阅读《星星之火，可以燎原》

它的热情和火焰撼动了原野和山河

9

当早起的飞鸟在晨晖里流连

绽放的三角梅已经挥舞着红绸

晃动的春光惊扰警醒的白鸽

在咕咕的歌唱中

洁白宁静的晨雾正拥抱着灿烂的稻田

古田的早晨，我一遍一遍地复述

接近我的一缕缕晨光都开出了花朵

在古田会议址的身旁展示最美的身段

其实没有什么比微笑重要的了

在晨风中传递爱意

在春晖里种植希望，温润心田

当春天来临，花和圣地

进行更亲密的交谈

门楣上的影像，扉页上的箴言

句读与语气降落成春露或者春雨

在古田做一枝金黄的油菜花

然后放松自己，欢快地迎来晨光

问候花朵，遥望东方

青山沃野、田畴纵横、绿树村庄

以及从睡梦中醒来的溪水和出工的农人

圣地古田，用微笑开启封存已久的爱情

像金黄的油菜花，不刻意也不迁就

10

夏天，在古田邂逅是一件平常的事

在彼此问候中召唤灿烂热烈的乡村

黄金菊与金荷花，稻谷蜻蜓与山林鹧鸪

这些比邻而居的乡里乡亲

绕着田畴阡陌。像繁花聚集的样子

为古田歌唱，为村庄装饰门楣

来自五湖四海的兄弟

相聚房前屋后，荷花池旁

解说员的话语落地有声

像铺在庭院外的鹅卵石

按压着平整的脚底板

穿过庭院，背对着"古田会议永放光芒"

远景拉回到身边，像莲硕大的花瓣

笑语盈盈地，推开清爽的夏天

放入荷花池的月光漂浮在花瓣上

光洁而清新。搅动山间流动的夏风

是荷塘里的涟漪，传递这里的欢声笑语

从这片荷叶传到青砖堆砌的围墙外

这一刻，我和厚重的历史

只隔着一池荷花和万千花瓣

11

与五月的宽大相比

禾花太细太小，绕着抽穗的稻株

密密匝匝地耕耘稻谷的明天

这些娇小纤细的花骨朵儿

与红硕的荷花比起来

她也不过是一个娇小的乡野村妹

在古田，她们各自展露芳华

在彩云之下、山林之侧、溪流之滨

养育村庄的风被一点一滴地

写进绿草浮藻间。在花的世界里

禾花是母亲心中最圣洁的孩子

坐在村子中央

守护曾被饥饿侵蚀的灵魂

我的父亲母亲不关心荷花

他们一如既往地关心

在五月的梅雨里绽放的花朵儿

呵护禾花娇小微弱的光环

从淡淡的鹅黄里升腾起云雾

阳光下它像霞，梅雨里它像纱

看到这，他们的眼里总会露出微笑的目光

12

因为热爱，所以留恋的更加留恋

因为别离，所以牵挂的更加牵挂

在村庄之外，远离故乡的人

惦记着掌心里的杨梅、酸枣和山桐籽

给童年增添快乐的五彩山果

一次次充实中年的睡梦

从立春到大寒

月光柔软，家园充盈起来

青山环绕着农家小院，溪水缠绵

每一个村庄都有伸展的局限

当夜莺的歌声由远及近

低矮的屋檐接住了每一声敲打

直到天边的朝霞亲吻晨雾

从晨晖里醒来的放牛少年

用牛鞭抽打着太阳的光芒

由稀薄到稠密，然后把牛赶入山林

把自己想象成森林里的鸟

或者是溪水里的一条石斑鱼

望东方

让倒映在小溪的流云成为身上的纹理

顺着彩虹或溪流奔向远方

努力奔跑的少年

带不走悬空的尘埃和草尖上的露珠

那些干涩的、没有色彩的颗粒

累积在松塔上鸟瞰故乡

进出鸡莳的家禽，停在电线上的燕子

没能留住父亲离乡的脚步

从乌石的交通员变成他乡的一名锰矿工

后来做了养路工人

每天握着竹枝做的扫把

把公路两沿的沙土扫入沙路中央形成牛脊背状

帚落尘起，沙尘逼近棉布口罩

滚入边沟的石子碰落了草叶尖上的露珠

撞击出蓝色的火花

24

像从云朵的缝隙里漏下的七彩光芒

盛开在少年的心中，一路相伴

13

从春天到冬天，村庄依然安静

大地热烈演绎更多的缤纷

接近天空的除了彩虹还有烟花

我的想象止于父亲低沉的叙述

那些洁净的衣衫戴不住盛开的鲜花

荣耀属于热火朝天的青春

父亲离开了村庄

在红土地上追逐他的梦想

在父亲的回忆中，我分享了他的青春

我和父亲像盛开的两朵玉兰花

彼此倾诉衷肠，又各自绽放在自己的枝头

他们的眼神朝着更加遥远的东方

出去走走，看看杧果开花的样子

在冬天的第一场雪还没有降临到江边之前

这些不懂得节气的宾客

在他乡，一年两度展示自己美丽的芳华

14

该如何把爱和温暖推到远方的丛林

曾被热血和青春浸染过的土地

在人间烟火里复活坚毅的灵魂

在另一具胴体的骨骼上开出艳丽的花朵

杜鹃的粉、霜染的红枫

一片树叶、一朵花瓣就能捧出一爿阳光

像划亮了的火柴，在两指间燃烧

温暖从手指间进入肉身

黄昏后的天幕，夜空里多了一盏星火

深邃的黑夜是否也有温暖

来自人间，来自广袤的土地

15

节气是时光轮回里最忠实的朋友

立春、雨水、惊蛰、春分……小寒、大寒

生命沿着轨道一节一节地生长

它们的轮回刻入村树是年轮

写在脸上是村妇的皱纹

只有辛勤的劳动才能给节气注入活力

给生活增添色彩

为人生化解愁苦做最终的努力

立春，春风还没有绕过我的腰身

牛儿甩开蹄子

那些油菜花也快人一步占领枝头

在古田曙光小学前

举起花苞，忽闪着亮光像小眼睛

用花言花语描述和声小学的前世今生

也像被清风摇响的金色铃铛

叮叮当当的，是嘹亮的集结号

蜜蜂、蝴蝶、家雀、飞鸟

从四面八方闻讯而来的朋友

争着一席之地，向着春天进发

16

把自己想象成一名歌唱者

在夜里是莺

在白昼是早起的雀儿

温暖炊烟，陪伴寂寞的春山

擦亮乌黑的瓦屋，明亮古旧的屋檐

像一丛花开或是一簇灯亮

讲述一个瓦罐的故事

或者是一双草鞋走过的山水

让寂寞的春山热闹起来

让乌黑古旧的屋檐欢腾起来

让河滩上的沙砾、海边的礁石

江海里的浪花、航行的舟舫

都知道，这曾被鲜血浸染的土地

虔诚的朝圣者，沿着山路

不断在红土地上修炼

我与生俱来的善良和执着

像红土地上成长的一棵草或是一株树

深深地扎根于祖国的大好河山

把声音甚至身体都贡献给祖国的山川河流

17

西风上路，带来一场新雪，城市的边上

一夜沉睡的大地在雪被下沉默

河流独自喑哑，鸟儿无心歌唱

城市，需要多少歌声装饰她的繁华

雪的沉默唤起他们表达的冲动

浪涛深沉，一直庇护河流的生长

向前的力量和向上的冲动

像是一对孪生兄弟

奔腾在身体里的血液不及它的千分之一

为了不再沉默的家园故土

为了生长的河流

谁不愿用这仅有的千分之一

去换取河流的奔腾和雪山的安宁

羊角花、金丝菊、马尾松和青翠竹

扎进泥土的根系，在南方的红壤里

汲取前行的力量。即使我没有学会华丽的赞美

也要像百合那样开成喇叭的模样

为山川河流、大海浪花和岛屿歌唱

18

秋霜敲打着芭蕉，舒展的叶片

遮挡不了秋天成熟的光芒

当炊烟吻着晨雾

村庄的早晨害羞得像天边的朝霞

鸡鸣鸟叫掀起新的欢腾

农舍、田畴默默地享受这样的幸福甜美

像一个个低头沉思的智者

让秋天静静地留下来，在晒场上

陈列状元豆、南瓜们成熟的身段

我又一次想起江边的榕树

一边接受浪涛的敬仰，一边接纳

时光里进进出出的风雨

霜风也没有停下脚步，踩着它粗壮的树干

把高大的树冠都逡巡一遍

落在码头上，落在青石板冰冷的身上

矗立江天的榕树，将遒劲的枝条伸向江天

数点点征帆，握屡屡江风

唯有古城墙的记忆力那么强大

风雨的进出、江潮的起落、草树的荣衰……

在墙砖沉静的面容上隐约可见

曾经有冰冷的刀戟觊觎温热的躯体

城砖上泯灭的血污和消散的硝烟

宣告了一代记忆和一代新生

老码头知道，青石板知道，古榕树知道

然而，它们的沉默沉淀了无尽的岁月

当霜风再一次吹老榕树

古老的渡口静静地依偎在江水里

水吻石冷，寥廓江天邈远

踏浪帆扬，浩荡霜风更苍茫

雁与苍穹、鱼与浅滩、舟与争流

多少烂漫的秋天拥有万千华丽辞藻

最高亢的抒情来自一阕《采桑子·重阳》

登上临江的楼台，天长水阔

霜风抚江，黄花绽放胜春光

一江秋水奔涌向南

征帆从这里启程，驶向遥远的大海

19

秋雨随着山涛进入大沽滩

高山峡谷，巉岩突兀

秋风秋色顺着雨水连接江天

溯游而上的人，在秋色烟雨里

隔着丛林叠嶂、桨声帆影

山路水路，黄昏里的临江楼

面水而居的货栈、木材食盐的集散地

让我迷失在黄花盛开的秋风里

像春光一样的暖阳美景从琴岗满过江面

随着江潮的起落，逼近我刘海稀疏的前额

人生盛衰，苍天不老

为一个村庄赋名，不是简单地

摘掉"衰"，冠名以"发"

而是为村庄插上奋飞的翅膀

像飞机的两翼，从高原雪峰到南海岛礁

哪一个村子拥有这样的幸福荣光

一个字寄托一代代人的梦想

一个村庄蕴藏着一辈辈人的初心

夜雨剪春韭，春风裁柳丝

七十万个村庄，向着远方注视

当阳光普照大地，巍峨的青山下

溪水小桥人家，村子渐渐地笑出了酒窝

是一条江和一个村庄的幸福生活

20

小溪里漂流着青菜叶子

蜻蜓把它当着舟舫，云游四方

午后的闲暇时光，天空透明

像镶嵌着的蓝色玻璃

青山进入蜻蜓的复眼

折折叠叠的，成为蜻蜓眼中的风景

抹不去那一段艰苦卓绝的历史

用一个村子的热情去书写

荷妹送走新郎，又剪下麻花髻子

在田里耕作，在夜校读书

依山而建的老屋

逐水而居的乡邻

有多少这样的新娘

有多少这样的母亲

共和国的历史书上没有详细的记载

但九军十八师的勋章上

留下了新娘送别的眷眷目光

和母亲殷殷的嘱托

21

才溪的荷花开了，红蜻蜓张开蝉翼般的翅膀

翩跹的舞蹈堪比花瓣，在夏风里翻飞

迎着水波的风车，为她伴舞

是喑哑的鸣响在花叶间穿行

绿色的裙裾，或粉或红的发髻

亭亭玉立在田间

溪水不愿打扰，夏风也无非是轻抚

它们扬起的乡村田野气息

像流淌的溪水。在光荣亭外

水草和乡亲们都有各自的快乐

醉心于盛开在夏日里的热情

当花瓣闪耀着光芒，荷塘边

一群追逐蜻蜓和阳光的孩子

绕着花儿，让身体躲在荷叶下

当远山收藏夕阳最后一丝光亮

这朵被拍成照片的荷花

是从北斗勺柄上遗落到人间的

一盏明灯，照亮孩子回家的路

22

拾级而上，蓝天渐渐接近我稀疏的黑发

为了辽阔山河、绿色家园

你还一如既往地凝视身前的田野

掌心朝前，红土地上万物春生

当清晨的第一缕光

抽动利剑一样的锋芒投向大地

黑夜早已无处遁形

万千光芒照耀着鲜血浸染的土地

当红旗漫卷着西风

神州大地涌动着反抗侵略的热潮

同胞们用火热的胸膛抵挡风雨

硝烟烧灼大地，奔腾的热血

燃烧成愤怒的烈焰

把自己全部交付出去，在枪林弹雨里

在寒风暴雨中。每当威胁来临时

抛下思念的人，距自然越来越近的人

把光环留在人间，留在这青山绿水间

站在第 151 级台阶上俯瞰

秋色如锦，青山如黛

透明的空气托举起清晰明媚的家园

清凌凌的秋水和一片绚丽的彩霞

23

当荷花代替了稻花

交织成盛夏的锦缎

村庄的厚重便多了几分色彩

潺热在摊开了手掌的花瓣里

一点一点地被蒸发成山间的雾霭

我的敬畏来源于一条鱼

对水的尊重就是对生命的尊重

它的流淌本质上是为生命的清澈和纯净

在水的世界里涤荡风尘

让疲乏随着清波远逝

"逝者如斯"，逝者如斯

在水里做一条纯粹的鱼

可以在莲间嬉戏的鱼

当溪水扬起波澜，泥沙俱下

鱼的世界有多少抗争的力量

在逆流而上的挣扎中

在随波逐流的放纵里

花和天空，爱和信仰

在欢腾的村庄，一支队伍在行进中壮大

用血与肉守护初心，换取生命的尊严

对生命的敬畏比鱼更挑剔

一江春水流淌着逆流而上的勇气

24

当夜色把大地淹没，我走过金融街
视线被压到灯柱周围
依然清晰的砖瓦，青和黑相互印证
一朵金融之花的盛开

在车如流水马如龙的中山街头
茶艺馆在街声以外，清汤粉无须叫卖
一块豆腐和烫韭菜，成为午夜的贵客
仿古的艺术馆关门了，壁画上的女人
微笑注视，保持着一成不变的热情
在我还没跌入历史的深渊之前
她的笑掩盖不了龙津河的涛声

夜风敲打着尘封的渡口

在金融街的视野里，这开放的渡口

吐纳有度，像你温暖的笑容

太过真实的夜晚把乡村的孩子留在这里

金融街的游客，龙津河波涛里的过客

匆匆忙忙的脚步，怎么打捞一枚遗落的银圆

青砖唤醒我，那里曾经也有过

人间春秋和历史烟尘

我靠近它的时候

时钟拨到了 2021 年 1 月 1 日零点

龙津河已经入睡

汩汩涛声是酣睡的鼻息

挑银圆的箩担，在午夜的灯光下

瘪成一页纸，写满了票号和账房

25

我到山塘的时候，是雨季

雨后的山塘只有风没有水

马兰花对着四围的青山展露粉嫩的微笑

羞怯的睡美人只好背过脸去

任由阳光的抽打

俊秀的脸庞和傲人的胸脯

花谢花开，保持一成不变的姿势

守候在山塘兵工厂旁

谁的枪敢对准她

长长的九节炮，高高举起的呐喊

铸炮为你，铸剑为犁

鲜花和睡美人

在山塘，当你仰望炮手的时候

才发现你的黑发染成了火红

在初夏的阳光里，帽子和雨伞

一个用来遮盖燃烧的黑发

一个用来遮挡这如荼的阳光

村庄安静下来，老屋和九节炮雕塑

以及木栈道、马兰花都在山下

守护睡美人，享受幸福的雨后阳光

26

睡美人将长发垂进龙津河

河水濯洗着渡口的青石板

激起透亮的水花，亲吻水草和鱼虾

这宽容开放的姿态让山树感动

迎娶和送往，岸柳眼中的寻常事

望东方

在这里同时上演

相聚的喜悦和别离的忧伤

今夜，它们没有忧伤

依然开放的姿态，接纳水汽和灯光

轻柔的波涛依偎在树和岸的沉默中

不迎娶新娘也不送走故友

自从商旅贩夫改走了陆路，河水依旧忙碌

灯光和音乐同时植入水底

热闹和喧嚣投放到安静的河道

滋养出城市的繁华和当下人间

夏夜的风穿过街灯也轻抚岸柳

城市瞪着明亮的眼睛

想走私历史的黑夜无处遁形

一只夜游的猫穿过马路

从龙津河渡口叼走咸鱼、酸菜

把豹纹般的身影隐匿

在街边的花圃里

27

渡口的条石拥抱着河水，坚守着时光的岸

见证这一方水域喂养的水草和土地

生长的树、凋零的花、凝集水汽和雾霭的果实

它们的骨骼和血液里沉淀着

多少爱与信仰，成为扉页上的墨迹

瓦楞上的青苔、天井里的兰花

是否也能描述一颗子弹一往无前的勇气

生锈的梭镖、磨蚀了后跟的草鞋

对应着文字，在上午的橱窗里复活

围绕在它们身边的橙色灯光

尘埃抖落，从时光深处打捞

对戎马倥偬的一生做了最精练的阐述

从一个个旧物件里窥见将军

辉煌被搬进陈列馆，留在历史的锦缎上

橱窗里，灯像星光照耀

而橱窗外是熙来攘往的人流

连天的秋色随着人流涌进

28

秋风越过松毛岭

松针指向蔚蓝的天幕

倾泻下热情，铺满金色的田野

那些漏下的阳光像铃铛

一颗一颗从田野这边挂到田野那边

秋风吹过低头沉思的稻穗

稻浪簇拥着松涛

在山岭和田野之间

金铃的歌声在秋天里飞扬

顺着阳光仰望这高高的纪念碑

直指天空的碑尖和扎根大地的基座

它们的孤独让松涛和山岭感动

缅怀英雄的人从秋天出发

献出果实，献出秋天的山岭和田野

厚土埋忠骨，松树和乔木各自成长

成为蓝天下的蓝、绿水上的绿

站在这里，我不见硝烟只有秋天

松涛、鸟鸣和不断喘息的收割机

战事那么遥远。秋天在纪念碑前

贴近眉眼和我的肉身

在东方，还有什么理由说不爱

29

水车、篱笆、老树和泥墙，在村外
乡村的富饶写入童年的记忆
在从春天到冬天的路上
柔软的月光照耀坚实的家园
农家小院、青山排闼和溪水的音韵
随着蛙言虫语进入梦乡
夜莺用歌唱敲打屋檐，从午夜到凌晨
它们成为村庄里下半夜的客人

当晨雾升起，太阳的光芒由稀薄到稠密
放牛的少年捡拾好牛鞭和牧笛
踏着晨雾去看山岚云霓
大地的缤纷接近天空

我的想象停在南方的三角梅

长刺的枝头能够安放多少青春和梦想

30

阳光植进肉体，在春天，它是雪后的梅

在夏天，它是江南舟舫间流动的莲

在秋天，除了金黄的银杏果，还有锥栗

带着刺猬一样铠甲，从树巅游走到身边

到了冬天，她就是天使

化作雪花去装饰孩子的梦

阳光终究不是任由摆布的珍珠链

岁月流逝，春夏秋冬，烟尘落满枝干

嵌入体内的是一圈一圈的年轮

而生命是一道减法

望东方

奋斗者留下生与死的差值

31

在东方，谁会用这么鲜亮的语言
描述朝日和落霞，献给大地礼物
成就时光的多彩，浇筑历史的高度
让清新自由的空气在人间烟火里升腾

放在角落的锄头，悬挂在墙上的斗笠
悠闲的时候，它们在沉默中叙述繁华
这些开在红土地上的花朵
在节气之外，村庄之内
还有什么理由不敞开胸怀
让孩子们在她的怀抱里尽情撒欢

32

一座座丘山，让厚重的继续厚重

让红色的花朵在季节的轮回里次第开放

晨光碾过，生命华诞的快乐

把痛苦的分娩忘于脑后

一个青年跟着漫卷红旗，来到山下

朝霞与晨雾，希望与梦想

在星辰密布的天幕下，背靠山树

绿色宝库延展成渐行渐近的风景

雪被下的青峰，黑炭上跳动的火苗

为黑黢超度的朝霞，鬓角扬起的霜花

在跋涉中看见上升的山坡

惊喜和豪迈，横贯天际

街道、楼房、村庄、田野、农舍

每一张脸上都写着两个字：中国

山林、树木，飞鸟、游鱼

都想在祖国的怀里

恣意奔跑，传递爱意和热力

让彼此信赖、相互温暖

33

从拥挤的路上归来

以为宽松的是故乡

可以泊车，可以安放劳顿

让耳朵贴近溪水和山梁

倾听故乡的心跳，然后坐到八仙桌前

用陶瓷大碗喝酒，行令猜拳互诉衷肠

像后山上的那些毛竹

春风不来，彼此交换翠绿的目光

春风既来，叶叶相拥

叮当作响的乐音响彻泰阳崇

从此，故园有春声

远涉他乡的人是以此为荣吗

乐此不疲地奔走

在一片云的下风向，羊角花开了

那些深浅不一、胖瘦各异的面庞

用赶路回乡的热情装点

村庄一年一度的繁荣与辉煌

34

爆竹声落，鞭炮花开

晨风送别星辰，迎接新的霞光

村庄重复这样的迎来送往

泥坯瓦房，水泥砖屋

农舍、田畴在一张一翕中成长

稻穗、金樱子、原味花生和金黄南瓜

它们以弱小守护乡村成片成堆的秋色

在瓜果的眼里，秋天便没了伤痕和裂缝

坐在秋天的怀里，霜风流岚云霓

在它刚强的臂膀间看看碧水南流

霜和风同时入住密密匝匝的枝叶

树冠奋力地打开苍翠的天空

把更多的绿色和壮美伸向江天

榕树霜风江天

谁在挽住浪涛，握住秋天

万千征帆没有留下一片影子

是古城墙黑色的砖石记忆了来来往往的江风
城池以铁一样身躯守护着三步一回头的汀江
江岸的黄花笑对秋风。城墙的砖石上
被火淬炼的坚强身躯
夜夜守护六百里江水的蓝天星辰
田畴青山

35

春风又一次吹进江岸
苎麻从砖缝间生出尖锐的新芽
青石板铺就的老码头，滚过了多少轮圆月
月亮的脚步总是那么轻、那么小心翼翼
生怕一用劲就踩坏了江里的一朵浪花
摇落了榕树上的叶片
只让月晕悄无声息地住进身体

一头枕着江水，听风听雨听岁月沧桑

拥挤不会疼痛，成长才是生活的真谛

无论是黄花盛开的秋天还是杜鹃摇曳的春天

一条河的赞美比不过一阕词的抒情

刻在墙上的壮美，跌宕起伏的音韵

流淌在心间，像一城月桂

脉脉幽香从枝头游走到大街小巷

货栈商铺千年的码头

躲藏在诗行里，拥抱秋色春光

36

夏雨进入村庄，总是身子竖立着

像一条条竹竿从挂袍山来到繁华人间

街边的小叶榕不知道雨水到达的方式

只有闪电照亮长空，才看到天宇

离自己那么近那么辽阔

雨是探访家园的客人，来了又走

仰望苍穹后，双脚踏上泥泞的路

身边是光鲜乌黑的瓦、泥墙幽暗的窗

村庄里的山光水色，都在雨后挤进梦里

我窄小的心房住不下这些琐屑的物件

让窗外稠密的雨丝编织成网

装下夏夜、村庄、挂袍山下的楼房和节水器

忘记芦苇的锯齿和像锯齿一样锋利的牙齿

咬伤跋涉者的手指后，依然亮出

碧绿修长的叶掌指向晴天的路

车前草伏在地上仰望长空

夜风掀开窗帘，幽微的光漏出窗棂

俯下身去，看见大榕树冠投下壮实的影子

在大雨中奔跑的人，迈开寻找真相的脚步

从东村走到西村，从村头走到村尾

为了描绘一幅画，献上瓜果飘香的秋天

他在一个村子里努力

点灯，种树，春播，夏种，秋收

当打着灯笼从山冈上归来，窗下

为村庄奔走的人在草纸上计算

青壮年老人妇女儿童的人数

推演黎明到来的时间和距离

37

我们在一片油菜地里遇见

你只用微笑和目光传达爱意

让一边的油菜花宣告春天来临的喜讯

比开花更重要的是勤劳播种

在村庄里，油菜以灿烂回报爱和关怀

在早春的花朵里展露芳容

让骄傲的电线杆记起下雪的季节

暗黑的冬天也能捧出满心欢喜的灿烂

花的喧闹和游人的脚步打破了田地的轮回

惊春清谷秋处露秋，犁田莳禾耕耘收割

客家女人踩着点儿，在田埂上下奔走

忙完这些，还去上夜校，识字数数

送郎当红军，伸出双手为军属修葺房屋

热闹的村庄，把家里的男人送到前方

用身体挡住罪恶的子弹

女人卷起裤管，从田间到地头

从灶头锅尾到房前屋后

长长短短的身影，忙忙碌碌

望东方

谁把一个村庄变成竞技场

谁把第一模范的锦旗带回家

合作社里的柴米油盐

油灯下密密纳鞋底的针线

还有红军公田里盛开的

一颗颗星星般闪烁的禾花

逗得青蛙欢快的歌唱

当油菜花又在一个季节绽放

游人如织，孩子们的笑容

会是哪一朵盛开的鲜花

38

枫杨开花的声音太过喧闹，站在溪岸上

从树叶间垂下紫色的花串

在风里飞扬的烟花落入水面

溪里的鱼儿倏忽远逝

被阳光折叠的浪花渐行渐长

追逐春风的鱼儿跟着花的影儿

在水的世界里寻找春天的样子

立春后的霜没有化成游鱼的水

演化为雾或者是山岚甚至彩虹

从瓦屋面到青菜地，从溪岸到山尖

早起的鸟儿把歌声留下，把爪印抹去

它的想法小心翼翼，就像炊烟亲吻村庄

大地安静。又一阵春风穿过检阅场

擦亮田野盛开的菜花，舒展红旗，

猎猎鸣响，是冲锋的号角吗？而如今

检阅台摊开手掌，成为孩子们的运动场

篮球少年在阳光里追逐着青春的脚步

眉眼间的青绿簇拥着平坦的山坡

是谁的青春在山坡上激荡

雾淡风清，鸟雀高飞

39

一块石头、一座纪念碑或者是一座亭子

纪念一些高贵的灵魂，记住一段光荣的历史

灯光能仰望的高度，是太阳远眺的地方

目光灼灼，在纪念碑站立的大地上

在东方，有多少高贵的躯体倒下来仰望

像太阳一样的红五星

热烈而执着站成最美的高度，敬仰

那些与血与火有关的人和事

然而，纪念碑是沉默的哲人

跌入玉兰花的香阵里，鸟儿的鸣叫

秋蝉的歌唱唤不醒沉睡的人

曾经因为一场雨或者是风暴
血肉之躯阻挡着射向亲友的子弹
有思想的画像，暗淡了温润的眼光
多少跳动的心脏戛然而止
他们再也看不见星子升上天空

当晨霞照耀故园，这昂首挺立的纪念碑
看喷泉起落，看见熙来攘往的人群
还有打太极的老人，追逐风筝的孩子
而大榕树下悄无声息地流淌着
和谐的时光，穿梭在人和树之间

40

午时花开的那一刻，心中怒放着

正午的快乐，花以微笑提醒我

村庄没有午休的习惯

燕子衔泥筑巢，在屋梁下生儿育女

叽叽喳喳的语言，描述人世间的春天

恩怨情仇以及大地的万千变化

这是村树无法完成的事业

作为村庄里的一员

父亲看好它，父亲的父亲看好它

靠家谱传递的历史，与遗物无关与村树无关

我能知道的故事没有刻入先祖的墓碑

流经血脉的真理道义，像钙融入骨骼

待它血流成殇，轰然倒地后

显露出一圈一圈的是严严实实的岁月

我的泪眼已经无法挽回那些逝去的流水

村树成了青山和绿水共同的荣耀

曾经的血肉之躯在绿水青山之下

化成泥土山泉，从山里寄出贺信

留下贺词献给正午的鸟语花香

41

生命拔节的声响敲打着村庄

蠢蠢欲动的除了竹树还有田里的蛙声

它歌唱茂盛的稻田出发

悄悄地把绿色覆盖到整个山冈

大地的肤色、东方世界的宣言

与蓝天对话的空间越来越大

阳光充斥其中，空气虫鸣鸟叫

这些自由的元素

环绕在我细软的发尖

眉眼触摸到的全部气息

是今夜的村庄和土地

笙歌可以停驻，喧嚣也可以

但成长不可停止

在这里，等待第一场雨

从天而降，等待白玉兰

在蔚蓝的天空下静静地开放

42

也是清晨，鸟儿的呼唤敲开村庄的门

一只灰狗在村道上散步

袅袅炊烟，青青山林入住其中

拉开帷幕是鸡鸣狗吠、牛羊繁衍

人间冷暖，悲欣交集，从这里上演

阳光雨露喂养着尘世的生灵

像鸟儿，从嗷嗷待哺到展翅高飞

除了母亲，陪伴它的还有雾霭山野

大地能给的一些风雨，天空也不曾放弃

把一对翅膀锻造成翅膀，不是铁甲

四月的波涛滚动着水车向前奔跑

鱼儿在旋涡中翱翔

逆流的艰辛交织着搏击的欢乐

回忆起童年滚过的铁环

一圈圈地绕着乡村和街巷

在乡村生活的幸福时光里

有谁会知道一只鸟

一条鱼的孤独和梦想

43

暴风雨之夜，旅途上的人

谁会轻易放下跋涉的脚步

晴天丽日下，追逐梦想的开拓者

谁会留恋路边的花房

我曾一次次拷问，翻过喜马拉雅的风

何苦在催开了祖国的春花之后

穿越热力十足的夏天

去充实秋天的家园？来自街巷的音乐

拉长音符，撞击着溪石间的泉流

竹叶叮当、鸟鸣啾啾、松涛林韵

乐音、天籁与人间草树

安顿好五谷杂粮滋养的躯体

人们绕着圈儿或排成整齐的队伍

在广场上跳舞。当音乐落下

遥远的矿灯依然照亮漆黑的煤洞

从井下升起的煤走进了平常百姓家

村庄的鸡鸣震落苇草叶尖上的露珠

前行的人又一次踏破晨曦

除了爱人，只与芭蕉作别

作为血肉之躯没有丁香

人生会不会像一丛蒿草

吸收红土地上的养料

在季节的轮回里找回更加完美的自己

44

屋子在我和天竺桂之间

有两瓶兰花和一钵富贵子

星光月影在窗外徘徊

秋风以及装饰生活的花树

我把自己搬进去，成为她们中的一员

它们的色彩和微笑温暖我的生活

飞鸟和游鱼，两个世界的子民

羽毛和鳞片都在肉身之上

覆盖热血奔涌的躯体，月光蕴藏在里面

照亮山野的天空，借着她的明亮

我看见屋外的红土地

稻谷、苞米、木瓜、地瓜和状元豆

种植在盛放过硝烟和子弹的河沟边上

茂盛的叶子成为鸽子游荡的乐园

这养育了生命和热血的红土地

沸腾了历史温暖了时光

红土地、青铜、陶瓷

小米和步枪赶跑了觊觎它们的目光

当我从屋里清理出一沓小人书

拭去封面上幽暗的尘埃

图文并茂。英勇的抗日游击队

在铁轨边上打击日本侵略者

火车骏马温暖我童年的时光

尘埃落定，英雄无语

45

风雪中诞生的血肉之躯

双手握着短促而瘦弱的阳光

冬天的旷野上，季节的悲伤多于大地本身

在经历一场场硝烟的淬炼之后

才知道雪太轻，肉体比土地更需要棉絮

当枪炮的火舌吐出太多沉重的语言
被敲开的大门，漏出黑暗，走进阳光
埋葬屈辱和苦难，为一段历史送行
为一艘起航的船开路
阳光绕过桅杆，春花便召唤了盛开

山坡上，手栽栗子树的人兴奋起来
树叶吹奏从单声部到多声部
从硝烟里归来的战士
藏好自己的枪，坐在一起
在夜幕里陷入回忆。下雪的冬天
一盆炭火曾经照耀黑夜的冬天
从三山到五岳，从漠河到天涯海角
望东方，奔走的人从英雄的土地上
汲取前进的力量

第二辑　战士、英雄与乡愁

脚下有路，心中有光

夜行的人穿过黑夜丛林

东方升起一片灿烂的朝霞

46

站在圆实的山岭遥望开放的水域

黄昏的河道用鲜活的语言描述晚霞

飞鸟、河流、山野和天空

都是霞光里的亲友，它们相互致意

让我感动成一株草或者是一棵树

生活在静谧的村庄

与勤劳而淳朴的乡民比邻而居

车前草、金樱子和桃金娘，村庄里的伙伴

水汽和暮色凝结成叶脉间的果实

在黄昏中和我一起仰望，东方最亮的星星

当黑夜统一了水陆两个不同的世界

共同的梦堆放在秋收的麦场

向着光明探知隐匿其中的宝藏

在波涛和绿叶间，在星光和月影里

时光的刻痕就像锥栗

当阳光和水汽挤进坚硬的果壳

用如长满针刺的铠甲保护坚实的果肉

经历过风雨锻打后，坚果也成为粮食

为秋天出征的战士，为黑夜里前进的英豪

曾经有多少弹雨硝烟追逐着铠甲

比起鱼逐水草、鸟栖山林

我们的想象仅限于眼前的夜黑和村庄

进入时光的通道在哪里

在伯公灯油渍斑斑的躯体上

摇曳着闪闪的灯光，照见泥墙上的弹洞

漏出金色的阳光和习习的山风

读懂群山，读不懂阳光下颓圮的泥墙

沿着逶迤的山路慢慢走一程

翻开青苔掩盖下的石板

灿烂的苔花遮不住时间的光芒

红色交通线在我的眼前延伸

47

如果又一次要面对血雨腥风

我和孩子们的心脏

会不会变得像狮子一样强大

在抗争中成长，在苦难中前行

让风翻越喜马拉雅，在东方擎起

巨人的臂膀，成为幸福温馨的港湾

在深山里的伯公凹，在水陆交界的青溪

蜜蜂在柚子花前幽会，石斑鱼洄游到深潭

谁愿意撩开这样的平静和优雅

让秘密泄露，让生命和希望零落

水一程山一程，在红色交通线上

伯公凹交通站，泥墙四面弹痕处处

不知道当年的剧情经历了怎样的穿越

在这条穿山越岭的石砌小路上

会有多少秘密在这里前进。前进

在闽西大地，崇山峻岭，泉流叮咚

夜行的脚步，推开黑夜的勇气和毅力

一袋盐、一斗米、一封信函……

都携着星光和松明去迎接晨曦

48

在密林间穿行的山路坑坑洼洼

一些细碎的沙子与落叶枯枝站在一起

草鞋包裹的脚板踩疼黑夜的山路
追逐太阳的脚步依然辛勤
奔走在闽西的崇山峻岭间

山石铺成的红色交通线在山间延伸
光亮的石板路面，没有了粗糙的棱角
成为蚂蚁、蚱蜢的跑马场
绿荫覆盖，青苔开出米粒大小的花朵
点缀着山路，杂花生树。勺形的山道
像北斗，在碧蓝的天幕下定位
从青溪到伯公凹，从大厚到茶溪
到长汀到瑞金，一路转换，一路向北
是伯公灯的光芒照亮延伸的道路
山杜鹃和屋檐下的午时花
都看不见它们以亲密战友的姿态
加入战斗，站岗放哨

一路通畅的信和物

是不是曾有脚板将石砌路面

打磨得光鲜洁净

49

在红色交通线上

正午的阳光于他们而言是多余的存在

都是夜行的客人，太多扁担需要保护

一些背影也要在阳光下隐匿起来

用目光接送晴空下熙来攘往的过客

蜜蜂追逐着山野的花开，蝴蝶和蜻蜓

它们有各自的欢乐，与黑夜无关的存在

然而，它们都是交通线上的主人

我们到达的时候是正午

祥和平静，适合这里的山岭

村落和石砌小路，夜一程昼一程

与黑夜同行的货物也需要这样的祥和

伯公凹、挹春堂、茶溪被服厂……

蜜蜂的一朵花儿，逐蜜者的一个休息点

连接苏区的一个个村庄

有多少英雄的血汗在这里

燃烧成永恒的火焰

50

一个远道而来的参观者

看着墙上的宣传画听着讲解员的叙说

夏日的某一天上午，时空对接上了

一盏灯，豆大的光，闪耀深邃的林间小路

大山深处的信念，随着它照彻黑夜

像一个站岗的士兵瞪着前方

山风草树，与前行的路

然而，我只是一个参观者

深陷在这个不到百人的村庄

让灯盏的光照亮每一个参观者的心

琐屑的记载构成宏大的叙事

在家谱中只有线条记录的寥寥几笔

记忆被集中在这个姓氏的繁衍生息中

顺着细小的山路触摸村庄的温度

在苍松翠竹的掩映下

在嗡嗡鸣响的蜜蜂群里

开裂的泥墙，像是历史被掰开的口子

屋里漏出的光阴将初夏展现

残损的屋檐共同接受参观者的目光

望东方

枪声已经远去，弹洞还在墙上

落满烟尘的伯公灯还挂在屋檐下

一个村庄用集体的智慧书写家谱

加入追逐光和太阳的队伍

历史顿时鲜活起来，与房前屋后的竹树

一起走进阳光灿烂的上午

51

站在伯公凹的桂花树下

看见月亮从山间升到树巅

淡淡的光笼罩着山坳和村庄

在月亮的风景里看见更美的图画

身临其境，像桂花的清香从树上泻下来

顺着山风，在树叶间穿行

安静祥和的树木，站立在我的身边

在黑夜的中心，它们是这里的主人

一起把村庄和山川照亮

如果不是弹道和刀痕

对着伯公灯，对着低矮的泥墙瓦房

谁会知道为了这样的温暖宁静

有多少的人跟着伯公灯一起垂泪

52

刻在陶碗上的公鸡，举起火红的鸡冠

像举起的火炬照亮鲜艳的羽毛，金黄的双爪

在过年或喜庆的节日里

见证了团圆和相聚的欢欣

装过鸡公肉的陶碗

端上客家人的餐桌

盛满的欢喜溢出鸡公碗

在革命战争年代，红色交通线上的主人

鸡公碗就是一个哨兵

站在坑口挹春堂外的围墙上

一只鸡公，红冠金身黑尾巴

站在碗壁外，瞪着豆粒大的眼睛

聚精会神地看着晨昏日月里的山路

是否也有鬼鬼祟祟、探头探脑的影子

阻碍追赶太阳的人沿着山路奔走的脚步

一些晃动的树叶或者声响

它会记在心里，然后冷冷静静地跟着碗儿

一起打鸣报信

53

坑口的风是山风，坑口的水是溪水

弯弯曲曲的山路在绿树丛林里延伸

这就是闽西苏区红色交通线

是使命让鸡公碗的鸡公复活

是鸡公碗让山路在沉寂中负重前行

一杆枪、一颗子弹……有时甚至是一名战士

只要苏区有需要，物资和人

从遥远的海上转入到这里的崇山峻岭间

面对层层的封锁和盘问

需要多少智慧为它们站几次岗哨

秋风秋雨，烈日炎炎，霜雪雷鸣

依然昂首挺胸的鸡公站在碗壁上

山路依旧，水路弯弯

当伯公灯点亮山下的村落

温暖顺着山路漫向山川田野

这是山路上一个叫伯公凹的驿站

与坑口风相比，它的光芒一样照亮山坳

鸡公碗和午时花成为战士

一样接受任务，在艰难困顿中

淬炼为硝烟外一名战斗的勇士

54

这些娇羞的阳光，躲在密密匝匝的树叶间

在风中闪烁着锐利的目光

村庄找不到放松的理由

用客家话问好，以微笑填满坑口

当温暖从山尖泻下

挹春堂青砖黑瓦的脸面也欢愉起来

温泉慰藉风雨里的身躯

温热的山泉水抚慰历史的烟尘

红色的绘本露出清晰的脉络

风雨过后，太阳区归于宁静和谐

午时花以绽放的姿态报时送信

在通往红色苏区的路上

一草一木、一石一碗

都是勇士，都是英雄

柴米油盐从这里向北前进

信札文件沿着山脚小道悄悄潜行

真理和信仰在严密的护送中越过山头

山下山下，风展红旗美如画

舞动的色彩如此耀眼

撼动那些宿梁的家雀

拍打着翅膀，起舞奋飞

绕着梁柱叽叽喳喳地叫唤

一如砸向西风中的铃铛

溢出窗棂，漫过山泉蹚过小溪

这是向春天进发的歌谣

55

号角响起，尘埃落定

按下了许多腥风峥嵘的日月

依然耸立的挹春堂

竹叶间瓦楞上隐秘了什么

是凋零的花瓣，是细碎的月光

还是别在衣袖裙角的残损字条

时光里隐藏的烙印、衣襟上的补丁

当然，它们才是亲历者是在场人

像挹春堂高高的门楼，托举起了
明月清风和袅袅炊烟。望东方
乾坤朗朗中是上升的河流、村庄和群山
当温泉漫过膝盖，你的笑容
是山尖那一抹绚丽的晚霞

56

你从夜里归来
带着树叶和花朵的气味，带着月光
唯有解放鞋，让后跟和脚指头
亲吻夜露和山风
在铺满草籽的斜坡上
一边触碰草叶上的露珠
一边仰望月光。一路跟随
直到木门后的家狗发出"汪汪"的号叫

多年前，也有这样的夜晚

山风紧随着月影，在路上铺展

行走夜路的人，要不是为了追逐

光与希望，在背篓里、在肩上

一副担子、一顶斗笠、一把油纸伞

也许是煤油灯、鸡公碗

能够作为战士的还可能是

一声鸡鸣、一阵犬吠

在蜿蜒前行的石砌山路上

我在阳光下寻找走夜路人的足迹

青苔开出小花，在山路上仰望

遥远的阳光对着它热情的微笑

57

该如何面对盛开在时间里的花朵

如何才能触摸到那夜的月光

如何用语言保鲜历史的芬芳

我的父亲下地回来后，又走进自留山

夏天割松脂，秋收后摘酸枣，冬天挖笋

要是到了雷雨季节，他还带回红菇、松菌子

村里夜晚，我们的晚餐变得多彩而温馨

父亲讲述生活的手法太过单调

他唯一能说出精彩的是嘉昌爷爷的故事

那年秋天，为了给乡苏送信

把二十二岁的生命定格在杨梅坑纸寮外

他以纸寮为掩饰，以做纸为掩护

站岗放哨，巡山护林，传递消息

草纸、油灯、蓑衣、斗笠、锄头、镰刀
都可以成为他战斗的工具

家谱里没有记载纸寮和做纸的技艺
只留下生锈的勾刀和丢了枪栓的鸟铳
挂在老屋的土仓子墙上
我小时候，常常看见月兰奶奶
对着这些生锈的物件发呆

在一个满月的夏夜
月兰说起她结婚三年的新郎
身材不高，乌黑头发遮盖前额
一双机灵的眼睛盯着前方
做的草纸光鲜，"蓬蓬结"
末了就教我唱客家童谣
"月光光，扇子凉，骑白马，过莲塘……"

站在月光里，常常回忆起奶奶和父亲
每当儿歌回响在耳根发际
泪光闪闪的眼眸里就浮现出月兰奶奶
可是我怎么也寻找不到刻在墓碑上的
嘉昌爷爷的影像

58

初夏的阳光越过山梁
月兰吃过饭笆里的冷饭后
在杉树窝不停地收割早稻
这是进入夏季以来，她最愿意做的事
任由禾叶划伤她细嫩的手臂
稻芒刺伤的脸荡着夏风一样的微笑
她右手紧握镰刀，对着稻秆

长着锯齿一样锋芒的刀口

咬得稻秆只喊疼，那沙沙的声响

在整个季节里闹腾从杉树窝、杨梅崀

到石壁下，属于月兰的六月

长出金黄早稻的八分水田

自从分田落户后，每每走进杉树窝

月兰的两弯眉毛就会舒展成一弯新月

和山里的野百合比靓

59

汀江水里的九龙壁，时光和流水

在石头上雕刻浅蓝色的花纹

感动那些拿着镐头觅石的收藏家

汀江岸上的兄弟，追逐着时尚

时而想起地瓜木薯曾经留下的欢乐

从水里打捞曾经历过的沧桑岁月

土里钻出来，南瓜子萝卜条青菜干

素昧平生的物种团坐在一起

在春深的季节我和它们亲密地对话

陪着正午的时光和身边的流水

静悄悄地走过

那时的月兰如数家珍

很享受吃地瓜和嗑南瓜子的时光

从土仓里搬出这些干货

一起快乐地驱赶饥饿逃遁的样子

喊出春天的名字，童年便充满阳光

手推车外拥挤满来自大地的温暖

从东边山坡到西边洼地，地瓜和木薯

粗俗的外表收藏了许多甜语蜜言

我羸弱的身体全赖于这些粗粮
至于说什么相见恨晚或是海枯石烂
月兰拿不出一份明确的答案
那些年，蕉芋头也曾使过劲帮过忙
开花的时候孩子们还采下花朵
吮吸花萼上的汁水，甜甜的

春天看见田间地头的蕉芋花
我远去的童年在娇艳中丰盈起来
当孩子们坐在某个农家乐里
对着五谷杂粮，谁会有沉思的快感
除了我
与村庄的脐带被活生生地剪断

60

月兰离开乌石是夏天的一个早晨

大雨冲刷了树冠苇草、山冈道路和溪床

蹲满石子的村子全是水

漫过她的瓦房和石砌屋基

她轻飘飘的身体，像吊着的蚊帐

躺在猪腰一般大的床上

水声雨汽在她的周身游荡

丰收的早稻堆放在她的身旁

散发出金黄的热力

早稻真好，接了青续了黄

新衣过后有新饭，夏收和希望就在前方

从童养媳到为人祖母

望东方

对谷粮她用尽一生的情感去呵护

直到大雨来临前的三天，还想追回

被阵风吹走的一条谷笪和半簸箕的新谷

新谷落入门前小溪，奶奶也一病不起

1996 年 8 月 8 日，月兰留下晒得金黄的新谷

而她顺着雨水去了远方

61

不知道是雷鸣降低了音量

还是雨声充塞了耳鼓

谷物的追求者，踩着节气的鼓点

花香迷惑不了前进的脚步

在雨脚面前，香摆脱了凝聚的惆怅

闪电撕开的口子

打翻装满花瓣的篮子

它们的样子像直击大地的雨滴

花落了，雨停了，在清晨的帷幕里

月兰安详地睡在清晨

沉浸在意犹未尽的梦中

洪水淹没了三分之二个村庄

回乡的路一片泥泞

她远嫁的女儿没有赶上葬礼

在外乡工作的长孙，蹚着水翻山越岭

赶赴这盛大的离别

太阳出来了，雨后的村庄一片狼藉

终结与开始是一对孪生兄弟

田野、溪水、山梁，向上与向外

在简单而隆重的重复中

讲述一粒芽一弯月，成长的精彩

月兰走了，一排篱笆围住菜园子

铧犁在一阵阵吆喝中把春天推进腹地

村庄的活力，与生活琐屑紧密相连

一些草树在喧嚣里生长

一些花和鸟在安静中繁衍

62

月兰曾说嘉昌离开村子的时候

除了硝硅和鸟铳还有腰间别的千层底

密密匝匝的针脚紧贴着月光

一晃一晃地出门远行

秋天的禾苗长过膝盖的时候

我离开家乡，去追着青春的梦想
像青春的嘉昌。月兰满是皱纹的双手
没有阻拦，只是伸进大面襟衫的衣兜
拿出的不是千层底而是手帕包着的布包
印花蓝布做的手帕包着角票、毫子
说是我的盘缠，可以买回乡的火车票
也可以买十罐她喜欢的菊花茶
菊花茶可以让她安然度过暑热
安抚她的哮喘

为了我的一次远行
月兰用了整整一个季节在准备
卖掉积攒了三年的铝箔牙膏壳和烂拖鞋
以及春天里从山上收来的笋壳
她舍不得喝八角钱一罐的菊花茶
只是慰藉她常常叨念的一句话

望东方

"在家千日好，出门步步难"

63

整个早晨，母亲忙着采集菖蒲和金银花
为你编织花环。杂花青草在她的手里滑落
拿什么去装饰原本荒芜的内心
油菜花、向日葵吐露金色的芬芳
艳丽的荷花说出了清爽宜人的物语
秋风拂面，黄金菊绕着阳光歌唱
当大寒的水汽压进裸睡的枝丫
梅朵儿握起拳头，那是向春天奋进的号角

在树木和花草面前，人类有太多的缺点
华丽的说辞遮盖不了贫乏和虚无
这些不愿被唤醒的记忆

曾激励多少人们奋起的勇气

劳动的号角，像蝉鸣蜕变成高亢的歌声

在历经艰难的跋涉和找寻之后

奋进的故事和金石一起融入烟火人间

越来越努力的是我的父亲

他提着油漆桶，一次一次把公路牌刷新

黄白黑红四种颜色，书写道路的语言

指明向北向南、向西向东

提醒过往的司机前方道路隐藏的风险

在前进的方向上，我的道路

有谁在刷新路牌，提醒脚下机关

面对阳光下波光粼粼的河面

我的画笔离油漆桶还有一米线的距离

64

又一次梦见父亲，挺着硬朗的身板

在眼前晃来晃去，像是某一个无所事事的下午

围着刚刚出窝的猫仔儿

不开口说话，也不表露喜悦

他退休后的田园生活，不种菊不种豆

春天让母鸡孵一伙小鸡或是小鸭

伴随着季节，鸡鸭儿一笼笼地成长

夏天的早晨他撇下人间清欢

躲进我的梦里，透明的梦

白昼的灼热没有一点儿威力

就像阳光，亮出利剑

捅不破一个粉红的气球

我只是他身边的一个孩子，像小时候犯错后
除了接受这无声的训斥外
我再也拿不出可以爱他的东西
他也一味地用梦来填补我心中的空白
2020 年夏天，我成了一个没有父亲的孩子

尘世依旧繁华，生命的力量默默前行
瓦片、陶瓷、锈迹斑斑的弹壳
大地成为它们熟睡的温床，它们的安静
让人无比兴奋，当我的梦被这种安静唤醒
大地祥和，我的黑夜如谷仓
端坐在盛满月光的村子中央
历数着父亲留下的竹椅、铜板和镰刀

65

在深夜，我又一次走进丛林

空气中混杂着花香和泥土的气息

欢欣和孤独像一轮无形的月亮

沿着深深浅浅的脚印滚落在我的周身

我看不见沟壑，比黑夜更深广的世界

在丛林之外，也有风和月光灌满原野

穿行在竹树间，在这丰盈的黑夜里

遇见一些指路的石牌

走进丛林就接近了一段历史

雾霭混杂在夜行的人中间

他们一脸严肃，沿着星宿寻找东方和晨曦

夜莺秃鹫鸣蝉兽啸，还有风吹树叶

像是吐着芯子的蛇，盘踞在心门之外

等着没有耐心的门闩

在黑夜的风中魅惑的声响里突然脱落

谁会让黑夜依然漆黑，让月光被乌云遮盖

夜行的人，悬挂在心中的那轮月亮

正朝着山尖奔跑。尽管筚路蓝缕

荆棘划破了肌肤。这算什么呢

脚下有路，心中有光

夜行的人穿过黑夜丛林

东方升起一片灿烂的朝霞

我在阅读关于黑夜和丛林的故事

扉页上墨香消散的文字冲击我的眼球

一段历史，标记了扉页上的时间

在穿过黑夜的路上消逝了多少的青春

带着电和光，用刻刀在冰冷的墓碑上

写下温暖人心的姓名

66

回过头，看见郁郁葱葱的森林

像黑黢黢的城堡，耸立成不朽的丰碑

阳光透过密密匝匝的枝叶

漏出温热哺育灌木、苔藓和多彩的菌子

作为一棵树，它拥有大地天空和阳光

左右都是绿色的邻居

溪水和众多孕育而出的生命

在清新自由的空气里

品尝人世间里的友情和温暖

站在森林的边上，对于一棵树的幸福生活

我知之甚少，而对人间清欢

不知道人们要注入多少汗水和热血

就像面对远古的神话

需要花费多少想象

才能换回骑白马、摘韭菜

谢亲家的乡间生活

67

当神话进入生活，黑夜就会显山露水

一些空旷的角落变得更加充实

就像母亲的菜园子

除了韭菜、葱花，在各自幸福时光里

一次次接受生活的洗礼

还有月光、萤火虫和魅惑的夜风

从庭院外归来，寂静的长廊

沉默的犁耙，农具房里锈得发绿的镰刀

曾经的辉煌被雪藏到铁锈之下

汗渍浸润过的斗笠，落满了蛛网和尘埃

屋檐下的蟋蟀，居家在墙缝里的家雀

一睁开眼睛就开始唱歌

像乐手的潜伏，等待与紫云英一起盛开

这时村庄捧出金色的朝霞

新的一天的清新气息从大地上扑面而来

把村庄一股脑儿地放入我的怀里

在晨风中写下竹树的名字

和每一个乡亲的乳名

给花树、田野和菜园子

在村庄，在三百六十五个日出里

开始温暾而诚实的一天

68

一粒稻种落地了，村庄鲜活了起来

经过山野的风在田地里徘徊

青蛙开始歌唱。她解开鞋带

用脚板探测大地的温度，土地解冻的声响

硌得脚底酥酥麻麻的痒

脚底的喜悦传遍全身，随便指向

某一个角落都会有绿色摇曳

从深坑里流出的乌石溪

唱着歌儿飘飘漾漾地走

像是裤腰带，把村子勒得紧一阵松一阵

横墩上的油菜花抓住每一段阳光

以花朵的金黄照耀高高的泰郓岗

铺满车前草的晒谷坪，一边吸收雨水

一边在阳光下释放温暖

我在树下翻阅族谱的时候

荷树排、竹子坳、井角头

这些安放了许多乡愁和眷恋的地名

沿着视线进入我的心房

树状结构图描述的家谱，讲述了血脉的源流

从这里流向古田模坑、浙江丽水、广东韶关

翻阅家谱和烈士的名册

就是没有找到两个在黄陂战役中牺牲的

红军战士：桂昌、裕和

即便如此，他们的鲜血也融入了共和国的旗帜

69

黑夜涌入杨梅坑，山间便没有了空隙

纸寮外的水车嚼着山泉

咕咕的声响像是水与车的对话

流转在星空下，山静默在绿树间

在浓稠而密闭的夜风里，除了水车和夜莺

谁还能在窃窃私语中嚼出点点星光

木质楼房兀自独立

楼头外的蜘蛛也躲进屋檐的梁板

入住森林的子民

没有成为黑夜的囚徒

向着黑夜进发

找寻水的声音或是光的源头

山很大，水很长，夜很深

光在哪里？在屋檐下窗户的烛台上

在菜花间忽闪忽闪的萤火虫身体里

光在哪里？在遥远的东方慢慢爬上地平线

然而，只有光能搅动这黑的夜

嘉昌沉思的时候

指间的喇叭形烟卷正对着

茫茫夜空里的点点繁星

70

当陶碗里的蛙声和月光溢出来的时候

杨梅坑的纸寮外响起了一声枪响

鹧鸪和杜鹃在枪声里停止了歌唱

把身影压到松针的背面，为了躲避

抓壮丁的风险，山歌手作职工嘉昌

压住歌喉，屏住呼吸

雁断惊鸿，声断杨梅坑

嘉昌没有躲过下一声枪响

月兰也从来没有说起过生离死别的枪声

她一生从杨梅坑进进出出

砍竹蔴，浸竹蔴，碓竹蔴，做纸，焙纸

这些熟悉的工序消亡了噬血的记忆

一张洁净的草纸包不住十五的月光

水烟筒翘着烟嘴儿安安静静地指着窗外

天井上的夜空，星子点不着草纸团成的纸捻

杨梅坑的枪响声在树叶间消散

厅堂里只留下盛满月光的太师椅和水烟筒

71

小满刚过，月兰还是回到了纸寮

蔡伦塑像端坐在高高的神龛上

目光慈祥地看着月兰

任凭窗外的雨灌满小溪

芦苇边上的浪涛逼近了春天的暖芽

从这里蔓延到田野里的春花像疯狂的蜜蜂

一哄而上，从楼角头到田墩中心

月兰的心思全在纸浆池里

细腻柔滑的纸浆穿过纤细的手指

从水里诞生的每一张纸

在经历了相同的浸泡烘焙之后

写不尽月兰青春岁月里经历过的沧桑

还有一个村庄

而春天开始的方式似乎年年相似

当芦苇在废弃石灰池边抽芽繁衍

破旧的纸寮装满了春光

像衰老的女人，变得矮小苍凉

月兰不焙草纸已经好多年了
火柴、打火机代替了点水烟筒的纸捻
剩下的半截像枯水的墨笔
难以续写她曾经历过的前世今生

72

车过狮子山的时候
春风已快人一步来到了狮子山的脚下
洁白的橘子花和粉红的杜鹃花
早已开到网络，隔着屏幕露出各色笑容
春光灿烂，虚拟和现实重叠成一座花园
坐在摇椅上，翻阅网络里的精美图片
像是在花园里荡着秋千

又是春风浩荡的季节

你不在狮子山下已经好多年

橘子树独自开花，杜鹃花依然粉嫩

花瓣以微笑面对青山的沉默

十年的春光，回忆没有让青山在风里沉醉

一朵花可以长成一轮明月，或是一树阳光

春天，当我再次经过狮子山的时候

藏在石头里的光芒照耀整个山冈

我遥远的故乡山路弯弯

雪兰峚太高，猴子额太远

石砌古道已经荒毁多年

它们收藏了一路的欢声笑语

却没有让黄芪开花、杜鹃结果

当我从狮子山回到雪兰峚

那里已是满眼沧桑

73

是满月的光，是初夏的凉风
你的笑容像盛开的海棠
邻家小妹，久别后的相逢
在龙津河清清的河水边
溪风荡出涟漪，漾起层层波光

我们在蜂巢一样的格子间
不做采蜜的蜂，只做吃刨冰的客人
面对都市尘嚣，面对满城夏风
甜蜜的表层蒙着霜，淡淡的雾气
浮在柔软的灯光里羞涩成含苞欲放的花蕾
与夏季有关的表情，在刨冰之外
一步一步靠近竖条纹的短袖衬衫

在宣纸上，画家画不出这样的夜晚
诗人记录下了人间的美好

也是某一个夏天，某一座城市
人们进进出出，关心夏夜的雨和凉风
人间情缘在刨冰里慢慢地冷却
在唇齿间，城市和乡村被悄悄地打开
黑夜，街灯和星子相互问候
从乡村来的孩子没有带来一滴清泉
却被凝华的雾气打得浑身潮湿

74

村道、老屋和泥墙
一些思想从这里生发开去
午时花、绿菖蒲、芦苇花和火山石

在相互眺望中传递悲欣。溪水潺潺

中流激石，水花朵朵开

当阳光贴近这身如苔花的物种

它不去传授花粉，它只做奔腾的使者

让每一滴清水都能成为奔流热血

山高青梅、鹰嘴钩桃、血红李子

月桂、南瓜、芭蕉和状元豆

从春天到秋天

村庄的热闹和欢欣便有充足的理由

漫步村道，新屋代替了瓦房

石砌墙基没能挽住老去的时光

曾经矗立的泥墙瘫软成草树的家园

芦苇剑一样的叶子指向天空

村庄的活力在新旧之间扩张

人与树草和谐地站在新居前

阵阵欣欣向荣的景象

扑向烟尘满襟的怀抱

时光编织的背篓装满结绳记事的传说

从村庄到村庄，经历怎样的沧海桑田

四个季节有各自的鲜花和草树

花香溢出，跨过石桥流水人家

还有一阵清风撩起时光的长发

露出村庄清秀可爱的面容

当阳光伸出温暖的手掌

常青藤沿着廊屋和古朴的木柱攀爬

不知道有多少芦苇会去看护家园

又有一个少年走出村子

走进更加遥远的山川河流

石桥和人家成为月亮里的风景

回望风景的人们看见石桥在风雨里矗立

75

然后是父亲，在成为养路工人前

他是村庄里的少年

把大马路当作车间作坊

扫沙锄草，擦亮公路标志牌

然后，走过亲手养护的沙土路

我走的山路不归他养护，这里的绿树

也没有为他遮挡烈日

当我走过一遍闽西红色交通线后

才知道山间的石砌路太窄

父亲的扫帚太大太疏

扫不开石砌小径上的苔藓落叶和脚印

125

至于保养机，它的六个轮胎

会碾碎凝结在山林里的气息和血汗

我想，这就是秘密红色交通线的线

在视野之外搬运力、希望和梦想的盐

凝结着血汗、肉体和星火一般的思想

父亲曾经也是一个交通员

奔走在大队和公社间的五里山路上

他的护送是把阳光和温暖背在背上

带着山花和溪流的歌唱

在五里长的山路上来回

传递着新生活的信息

一个交通员的快乐

比松明、星子的照耀还敞亮

76

春风是一个心灵手巧的裁缝师

闯进家园，把芦苇裁剪成利剑

指向天边毛茸茸的彩虹

父亲的葱花儿顶着绒球

像刺猬一样团成的针尖

直指阳台外的天空，细雨微风

亲近大地的方式让生命全力奔赴

一场春天的盛会。草树抽芽桃李传粉

溪涧的菖蒲，墙角的青苔

春天入驻人间，铺天盖地

这些被爱抚过的枝丫草树、石头黑瓦

与深寨下的一泓清泉无关

与燕子呢喃、蛙声聒噪无关

在春天，窗花也生出娇羞的红晕

像青春少女，展现灿若桃花的笑脸

生命便有了奔涌向前的动力

77

斜坡上的状元豆

恣意地拉长了青青的藤蔓

绕着篱笆却围不住春天

篱笆墙上开始，春风一步步逼近

当杜鹃把微笑安放在枝头

清风吹过，绿树的涟漪推醒窗前的铃铛

游走在山石间，寻找可以开花的角落

在殷红的土地上展示自己的家当

是一件烦琐的事：泥墙根下的牛筋草
石缝里的栀子花，黄芪子桑葚芭蕉紫丁香
风吹雨打，斑驳的泥墙接受山野的馈赠
守着乌黑的瓦屋面和朱红色的标语

热闹属于春天，田野生绿，草树返青
虫鸟飞鸣，牛羊争春，还有斜坡上的春笋
亮出尖锐的笋尖欲与竹树比高低
阳光用最热情的微笑迎接她们
谁会想到，这些热烈的起源
在清水里、空气中、熏风微雨外
曾经有多少热血和汗水浇灌
这多彩的土地，幸福生长的花树

第三辑　金谷、庭院与江天

当时光抽动昼夜编织的长绳

溅起一缕缕熠熠生辉的光芒

沧桑与浪漫，轮回与递进

78

当年父亲从大榕树下经过的时候

一片落叶击中了他的黑发

三月的阳光突然拐了一个弯

顺着落叶飘飞的路径直击大地

雨水和春风浇灌的落叶

不经意间带走了一段青春时光

在春天像花一样凋零在大自然的怀里

温暖土地和父亲的背影

时光凋零，黑发陨落

离群索居的孩子，家园离城市那么遥远

留下母亲独自坚守。为了抵抗孤独

母亲抱着谷种奔向一亩三分地
从惊蛰到秋分，春播到秋收
以五千斤稻谷庆贺她的人生古稀

稻谷金黄的铠甲，像母亲舒展的皱纹
在院子里铺了一地。中秋的月光
涌过山梁，照着院里堆积如山的铠甲
不知道父亲的坟头是否也月光如流
家园里陈列着谷堆和丰收后的欢欣
就是月光下，你再也看不见父亲抱怨的容颜
丰收的秋天，堆积如山的稻谷
"屋家哩都堆唔下了喔
老太婆"
母亲对着稻谷露出灿烂的微笑

79

当稻谷从田里搬进农家小院

母亲的院子装满了秋天

连同屋檐下的家雀都叽叽喳喳的

各怀心事，从黄昏到天光大亮

都用金色的嗓音在与星空对话

猫儿也不闲着，叼着半只拖鞋

追赶着雏鸡儿从下厅到上厅

门前的梧桐、屋后的绿竹和父亲的茶壶

午后的时光拉长它们的身影

那些慵懒的蚂蚁围着挤挤挨挨的谷粒

计算收成，数着数着竟是漫天星斗

月色下五间砖房，家园里做灶安床的地方

她和父亲用愚公移山的气力

开辟出来的港湾。然后是谷粒苞米

充实而完整地陈列在秋分的庭院

目光所及的松针竹柏

堆积阳光和流云的田野山川

还有更幸福的时光，在年节里

他们羁旅在外的儿孙，回到五间砖房

家养的猫猫狗狗被追逐四处逃窜

直到汗水打湿他们的衣裳

80

一只蜜蜂停在油菜花蕊中央

张开如蝉翼如薄纱的翅膀，对着太阳

嗡嗡鸣响，释放出吸附花粉的力量和热情

望东方

一个少年惊悚于曾因好奇而受的蜇伤
转身，像蝴蝶一样扑进母亲的怀抱

油菜花开的季节，花田如静海
常有大手牵着小手，在古田会议址前
欢笑驻足，挥手致意
时光驱赶着骏马在花海里奔跑
阳光下闪耀着"古田会议永放光芒"
一边与大地苍生对话，一边给九月写回信
"红日正喷薄欲出""征帆桅杆已出了地平线"
面对泥泞和黑夜，有舵手在前，有众人开桨
前进是对岸，天空湛蓝，河水纯澈
流云携着牵挂向各自的故乡送去喜讯
归去。古田会议会址立在蔚蓝的天幕下
如沉思的哲人，看见苍松翠绿坚定如初
一片阳光，一湾清溪水，一丛春花

都把他爱的人们迎向诗和远方

81

在古田会议会址前

一个少年穿上绿色军装拍照

阳光与聚光灯，像是注视的眼睛

对着秋天里盛开的向日葵

笔直的杆举起金色的花盘

像是喇叭，对着秋山秋水

一字一句地宣读丰收的消息

阳光照耀着帽檐上的五角星

光芒与聚集，秋日与山川田野

在完成短暂的握手后

少年的微笑被摄影师装进取景框

带走古田的风物和花事

留下来，是因为拨云见日的历史

在晴和的天幕下，按下快门

然后让出食指，让出取景框

给年幼的孩子，一左一右向前走

我迷醉于眼前的村庄

青瓦乌甍，在春风的静默中眺望

暮色降临，被仰望的星空贴近窗棂

在古田的夜色中漫步，作为阅读者

当时光抽动昼夜编织的长绳

溅起一缕缕熠熠生辉的光芒

沧桑与浪漫，轮回与递进

盛开在四季里的鲜花装饰我的家乡

小桥流水人家，房前屋后村舍

有一缕春风撩起她的长发

像感动心肺的一段爱情故事

82

星星醒了，看见夜行的人
搬运完黑夜后又去搬运晨雾
还有你，春天跟着星子的脚步
在霞光未完全苏醒之前走进圣地
洁白宁静的晨雾和灿烂的油菜花
给出饱睡后的全部热情
迎接春光，等待久违的微笑

还有什么比朝霞和微笑重要的呢
在薄雾中传递爱意，用露水温润花蕊
当晨光将星子隐退
春天从四面的青山上滚落下来

除了早起的农人，还有我和你
门楣上的影像、扉页上的箴言
一边接受阳光的鞭打
一边接受朝圣者的顶礼膜拜

星星醒了，晨光熠熠
多么轻松的迎来送往，饱睡后
木门摊开手掌，用开启问候新的一天
封存已久的爱情，在花季来临前
让绽放的都绽放，让凋零的都凋零
人间田地正在经历着前所未有的繁华

83

"是黑暗衬托了光明，还是正义驱散了黑暗"
用力与美证明这个哲学命题需要沉下身躯

从树德里到望志路，或者是兴业路

像启明星一样的宣言，照亮古老东方的天空

上下求索的人们看清大地的轮廓

巍巍青山，曲折河流

逶迤前行的是脚下的路

古老的城墙记下了枪弹的印痕

像是抹不去的吻痕。枪弹守护城墙

巍峨的，就是那一声枪响

划破黑暗沉寂的夜空

血泊中闪烁着锤子和镰刀的光芒

像航标灯指引着前行的方向

上下求索的人不惜献出血泪和汗水

甚至交出生命，以幸福换取幸福

是雪山草地磨砺了意志

还是坚定的意志让雪山草地遁形

风过雪山，托举起高过雪山的信仰

磨砺出比铁索还坚韧的意志

是用双脚丈量出两万五千里的长度

麦芒的锐利刺痛为富者的心

铁水的热力温暖求索的人们

城市和村庄的领空充盈着信念和希望

何必把命运交付他人

做秋天的主人！做命运的主人

何必让河流和山川任由他人奔跑

做她的主人吧！也只有您才是她的主人

铁肩担负使命，面对太多的纷扰和抉择

古田、遵义、瓦窑堡，拨云见日，峰回路转

延安、西柏坡、北京，在磨难和智慧中走向

胜利

暗哑的河流欢腾起热烈的歌唱

沉默的群山挥舞优美的曲线

客家妹子挺起胸膛：我是我的主人

我是家的主人，我是国的主人

镰刀和铁锤，握紧千年的梦想

"仓廪实而知礼节，衣食足而知荣辱"

"小康与大同"

前进的路上还是有许多的鲜花

等待来者，香飘万家

上升的河流，奔走的山冈

从一个春天走向另一个春天

84

纪念碑前的白玉兰花开了，春天

从低矮的枝头深入大树的枝丫

逐渐高涨的花香像春水漫过

古老的码头依然保持开放的姿态

隔岸的涛声随着水流抽身离开

那些走远的背影

消散在风中的涟漪里

波光潋滟，像洁白的蝴蝶

追逐着花香，接住随风飘落的花瓣

当一群乡村少年又一次走过纪念碑

一片树叶划破上午的阳光，留下伤痕

给安静的春风。没有人会喊疼

这样的上午，谁愿意惊动沉睡的灵魂

在都市的中央，人们忙着赶路

上午的阳光像透明的薄纱

悄无声息披在他们身上

85

当我来时，满月刚好与水位对齐
江岸的榕树摊开宽敞的怀抱
月色里的树叶竖起耳朵
随风而起的声响穿过汀江轻微的喘息
开出花朵的波涛，春天应有的表情
歌唱或是礼赞，为爱而奔赴的生命

安放好棋盘，做一个诚实的观棋人
榕树与生俱来的品质。对弈的人
一边是寥廓江天，一边是金瓯疆土
密密匝匝的叶子过滤着人间烟尘
漏下斑驳细碎的银光

望东方

当棋盘里盛满了春色，静静的涟漪

亲吻着条石，一江春水载着流萤

绕着溯游的船与顺水的鱼飞来飞去

浪涛里花儿开了，以浪为舞的月光

招来溢出水面的风，敞开衣襟

榕树旁，有一面面红旗像展开的画卷

那是跃过汀江的红旗，山上山下招展的红旗

86

悬在城墙上的金丝菊摇动灿烂的黄，把根深
深地扎进砖缝

用绿叶和茎探测城和砖的体温和年轮

江风水汽围绕在周身

来自石头的养分成为它坚强的理由

146

当根系扎入肉身，像嵌入石头的钉铆

抓住了自己却把时间遗忘

在尘世的烟火气里，有谁会惦记

它们也曾经历过沧桑，这起起落落的涛声

高高低低的浪头拍打着粗粝的石头

上上下下的帆船接送商旅

让历过险滩激浪后的心放归到平常

春分，母亲割下老屋后山石缝里生长的苎麻

剥下的皮是纳鞋底的绳，葱嫩的叶和上米粉

包上香菇和肉丝就是孩子们爱吃的米粄

童年因此而色彩纷飞。城墙下是浩瀚的江面

春风从水面起航，轻轻抚摸着苎叶

翻越城墙到达我的家园，汀江河外

燕归故乡，油菜花开，蝶雀据守

家园，春天又一次为她填满声色

87

春夜嘈杂，花香、水汽和虫鸣混在江风里

沿着河道奔跑的波涛，有着起伏前行的冲动

与春天有关的激情，分散在这片土地上

一丛竹子一坡松柏，狗尾草和车前子

那些跟着春光追逐爱情的生灵，擅长使用隐喻

藏在泥土里的歌随着第一声雷鸣唱响

一步一步逼近纱橱。踏马归来

他的短信还没有到达阿妹打工的城市

屋檐下的蟋蟀，屋梁上的燕子

山乡飞翔的秘密在呢喃中泄露。行走山间

树深林密，早起的鸟儿展翅奋飞

羽翼丰满的飞蛾冲进火把

在烈焰面前勇敢者需要的不只是呐喊

有谁的节日隆重如此

在春天曼妙的歌声中死去

那些长眠在红土地下的灵魂

我该用怎样的词语去颂扬

那些以肉以身的高贵心灵

让歌声飞扬

或者让追逐光明的后来者

在危险来临时再一次献身于烈焰

红土地的品格，像盛开的莲花

88

在春风里，做一回低处潮湿的苔藓

让蛙声和虫鸣在高过双肩的耳边相遇

像久违的兄弟，彼此倾诉心中的思念

对着田畴沃野，对着大地山川

望东方

绿树与鲜花回到人间，它们相互问候

彼此的寒暄比在寂寞里的歌唱更加温暖

春天行走在人世间，一些美好

在经历过一阵阵北风之后

对大地的热爱变得更加张扬

野花的真诚和月季的热烈

在行走中，遇见春风心中充满了爱

相互问好的两颗石头

也会盛开出像星光一样闪耀的花朵

从惊蛰到春分

山野的舞台越来越纷繁

激越和热闹鼓动着老牛背后的吆喝

这不是歌唱，是向春天进发的号角

有多少个春分，我的村庄是这样走过

跟着溪流的节奏，春天该有多么美好

梦中的村庄，给每一棵村树取一个好听的乳名

一喊出口就会有幸福充盈耳鼓

89

过度疲劳的午后，昏睡的热情冲进窗棂

像慵懒的日光，催开下午的花朵

静默的风铃，低垂着铁铛

等着催发的一声鞭响或一阵召唤

春天还没有完全打开自己

水牛就迈出悠闲的脚步

绕着田野，当一个娇羞的少女

走进村庄的午后

一些随风而来的蛙声虫鸣

轻轻地唤醒昏睡的小溪

粼粼的波光跟在后面

像是快乐的游鱼，在水里飞翔

比从冬天里醒来的蛙儿还要大胆

在春天，比如对着纪念碑鞠躬

比如在清明来临前缅怀祖先

让地上的草儿、树上的花儿

还有思念，都随着雨水的降临

一起来到人间天地

为这个光明正大的怀念作证

让雨让风一起向着大地

催生一树更加繁盛的花朵

90

远山青，溪水绿

大地没有选择沉默

鸟儿飞翔在苍松之上

游走在林间的蜂蝶走兽

我看不见远山有多热闹

就像春雨经过水面

流水开出花朵，岸芷汀兰

摇动舞姿，只有鱼儿

选择与大地保持默契

村树明，芭蕉静

田野没有因此陷入寂寞

在蓝天下，五月有绽放的禾花

魁梧的桐树。当红蜻蜓凌空而过

夕阳带着充满喜悦的礼物

那些绯红的霞光就是脸上羞怯的笑靥

在春天，要做一只欢快的野兔

除了睁大眼睛，还可以竖起尖尖的耳朵

感受田野的热情

雷声过后，蛙歌四起

村树开出了花朵，芭蕉亮出了新芽

我的母亲，村庄的主人

与田野保留着一把锄头的距离

91

艾草、野杜鹃、梧桐和格氏栲

红土地上珍藏的家当

留在眉眼之间，蓝天白云下

山野的春风没有言语，谦逊地问候花朵

舒展身姿的动作还保持着英雄的风范

当年红军走过村庄，杜鹃在风里微笑

迎接亲人归来。让出酒浆、地瓜和紫薯

让出屋檐和空旷的晒谷场

山乡四月，热情像一树树盛开的梧桐花

在竹树间流动。我能读懂的表情

多年以后，全在这些缄默的花树上

在泛黄的扉页间，有的欢声笑语

有的流血流汗，有的还抛妻别子

向着烟火弥漫的山头。时间的足迹

沿着这些方方正正的字符走远

有时也在韵味十足的客家话里流连

回忆起庭院里的夏夜

天空缀满宝石般的星子

手执蒲扇的奶奶想念夜里出走的阿哥

说是一声军号撕开了新婚的蚊帐

阿哥没有用手抚摸温热的被窝

跟着红军的号子走了

说着这，奶奶的声音有些浑浊

用力拍打着袭击她手臂的蚊子

92

沿着台阶向上攀爬，除了风

还有春光，一级一级次第盛开

绕栏杆外的芍药和蔷薇

一步一步接近，成为修剪春天的一员

拾级而上的朝圣者，在广场上弯腰鞠躬

向伟人雕像，向鲜花簇拥的不朽诗章

"红旗跃过汀江，直下龙岩上杭"

一条江和一个时代，历史的亲历者

叙述了三个地方的春天：汀江、龙岩、上杭

在红旗招展的季节，母亲拉长忙碌的身影

绕着手指尖上的青草香一遍一遍述说

东方的村庄发生了天翻地覆的变化

身影流动，辛勤的老牛拉着铧犁前行

酒碗里盛放月光和屋脊上的飞天

开花的树和吹着喇叭的向日葵

照亮黧黑的森林、广袤的稻田和丰饶的原野

春天出走的雨雾回到花树间。在东方

开始一个新的时代、新的纪元

在这片曾经被热血浸润过的土地上

笑靥灿烂的油菜花，身穿金黄铠甲的稻谷

清新高洁的荷花，追逐日头的向阳花

村庄的每一个季节都有自己的名词

可以作为名字的名词，在人间烟火里

成为风景里的月亮。树犹如此

站立在人生天地间，让流云和飞鸟入住

让落红和坠叶沉入大地，培土护花

留下前进的足迹，让后人记起

就像我站在红土地上，一边阅读一边画像

英雄的模样

93

马莲草、野艾蒿和紫云英

用根须握紧曾被硝烟灼烫的土地

为庄稼的壮丽献出欢快的花朵

当禾花盛开，欢快的露珠

舞成洁白的朝雾，大地深沉的叹息

散落在浪花里，随着汀水南去

深爱土地的人赤着双脚，穿行在烟尘里

在阳光下没有留恋的影子，在秋声里没有哀怨

从春到秋的轮回中，他们的镰刀

亮出锋利的牙齿，收割金黄的稻子

挑着谷子的队伍像是归来的英雄

成为村庄里有一道亮丽的风景

父亲热衷于这样的单调，乐此不疲

春风又一次吹起江面的涟漪

繁华鹊起，喧嚣紧随

溢出江岸的风敲打榕树的身躯

被泥土擦亮的铧犁，顺着雷声的轨迹

滚过山梁。当竹鞭敲打牵犁的牛脊

村庄加快了前进的脚步

温饱之后，它开始追逐城市的色彩

越是深入越感到孤独。当泥沙磕着赤脚板

软泥的厚度和水田的温度同时唤醒记忆

159

是惊蛰的一声雷、布谷的一支歌
在层层叠叠的梯田上
排列出山乡该有的模样

94

在溪水里，石斑鱼亮出诱人的斑纹
翠鸟徘徊，苍鹰翱翔
秋天的水落石出，整个村庄陷入紧张
午后，黄牛行走在老屋墩的斜坡上
悠闲的还有金菊花，挺着灿烂的花苞
骄傲地站在田野间，像碧空里的星星

乌石的秋天被装点成画布上的油彩
呈现给牛栏堂的梯田、雪蓝顶的杂树
至于杨梅坑的山泉、深寨里的绿竹

让翠绿装扮自己，成为山里的子民

那些绿色翡翠挤进我的酣眠

做了梦里的常客

当它们从我的身体里抽离的时候

阳光照进家园，夏天留下的片言只语

陈列在屋檐下。记得在秋分前后

老屋的苎叶、田里的白头翁都已经老去

山腰间的羊角花在装点完春天之后

早已在或晴或雨的黄昏随着夕阳凋落

花不结果的杜鹃与秋天保持密切的关系

这让我想起包苎叶粑的母亲

在享受春暖花开的日子里享受人间清福

一年有这样的快乐，谁不愿站在高处

俯瞰被竹树覆盖的村庄

渐渐接近蔚蓝的天幕

95

当母亲把油菜籽挂到屋檐下的时候

溪风的色彩变得更加明亮

清浅的溪水浇灌翠绿的菖蒲

从溪边觅食回来的家雀和燕子

用叽叽喳喳的歌声敲打着乌黑的瓦面

瓦屋面像被请出牛栏崁的星辰

粗糙而不失淳朴，深沉而不失温度

当第一缕炊烟吻别东边的朝霞

羞怯的不是菜籽，是山尖的红杜鹃

再一次回到这片生长稻草的土地

面容依旧，气息芬芳

溪水绕过山脚，是玉带缠着腰身

投落在心底的爱恋随着溪水南流

中心塅的田泥浅土肥，长出镰刀长的稻穗

微风吹拂低垂的稻穗，母亲的心头便痒痒的

脸上的皱纹像盛开的菊花

石壁寨下的是梯田，田浅土薄

粒粒饱满谷子像一串串金珠

母亲如数家珍：杨梅坑、梅子坳、深寨里、
杉树窝

土地的脾性和庄稼的长相，全藏在她的十指间

兄弟们回到家，没有把汗衫晾在老屋的阳台

母亲的饭菜凉了，山里的月亮升起来

大地的轮廓和老屋的模样融入夜色

蛙声那么单调、那么亲切

推开篱笆闯进老屋

我的村庄，夜只剩下四个物件

望东方

一把铧犁、一盏灯

一声咳嗽和一阵阵稻谷香

96

当薄霜覆盖乌黑的瓦片

村庄秋天的早晨多了一道风景

轻轻的霜风在田野和山尖游荡

擦亮金谷寺的钟声，还有屋檐外

田野里一串串金黄谷穗像金色的风铃

在霜风里彼此击打

清幽的声响唤醒沉静的睡眠

笔架山上枕放着笔直的晨光

迎接朝霞的仪式淳朴而隆重

我不知道的金谷寺，在 1928 年 8 月

初秋的一声枪响，打破了晨晖

暴动成功的人们正忙着分田分地

百亩良田有了新的主人

阡陌交通，田畴沃野

这片土地终于有了属于自己的主人

从此，金谷寺与土地接下了不解之缘

种植在田野的稻谷，走向秋天

走向金色的辉煌。成熟稻谷的颜色

金谷寺的墙上写下肥与瘦的法则

耕者有了田，村庄发自内心的欢腾

从金谷寺到南阳、兴国

直到大江南北

97

秋天站在田埂上，看见

狗尾草、野菊花跟着秋风前行

朝向家园，院子里陈列着瓜果

靠在竹椅子上的阳光

像是哲人的目光，一整个上午

家雀的歌声填满寂静的家园

寂寞的汗滴在金风中凝成谷粒晾晒

从田地里回来的母亲满脸是微笑

黝黑的皱纹溢满月光

站在正午的阳光下回忆秋天

掸尽烟尘，历史的夜空里传来一声枪响

眼前闪过手臂上系着红绸带的战士

把准星对着黑暗，恨恨地开枪

为金瓯瓦全，星光乍现

闪烁在村庄的屋檐上空

照亮院墙上悬挂的蓑衣、斗笠

从此，犁耙和弯弯的镰刀

在季节的轮回里轮番登场

98

路随溪进

领略柳暗花明的美好

溪水人家绕

曾经有多少秘密从这里经过

红色的血脉，风行其中

在通往春天的方向上，时间留下脚印

阳光留下鞭打的伤痕，林深苔滑

像覆盖在时光里的尘埃

化为守护的泥沙

绿树山林回到身边，空翠润心

从门前的溪流到葱茏的远山

山中来信，告诉你格氏栲、山毛榉

榛子和桃金娘，一些熟悉的面孔

名字和树身对不上号

在同一片山坡上

与长尾雀、鹌鹑、鹧鸪……和谐地生活

作为树枝上的逛荡者，森林里的子民

那些撩拨人心的歌声灌满山岭

作为山林的主人和树站在一起

星辰隐落，炊烟袅袅

当太阳升起，露珠羞怯地转身

一些人间烟火里的美好

在它们的翅膀之下，绽放出芬芳艳丽的花朵

村庄其中，犬走阡陌，鸡鸣树巅

从城里归来的乡亲惊讶于这样的祥和

99

当茶籽坪的月光溢出山冈的时候

站立在田野里的稻草人露出微笑的脸

睡眠变成毫无意义的站岗

为了金黄的谷粒还有鼓实的茶籽

以腰身酬谢雨水清风和阳光

面对结实果酱而招引来觊觎的目光

蝗虫变得更加肆无忌惮

成群结队地游荡在稻谷四周

但家雀是文明的猎手

目光盯着藏在以禾为依的蝗虫身后

为一粒果实，站在稻草人肩上歌唱

安放好汗水凝集的每一粒金子般的谷粒

母亲的稻草人展示了强大的捍卫力

然后，取下镰刀和绿色的军用水壶

褪去稻草人身上的花衣裳

奔向秋天的下风向或者是田野的中心

点头微笑的谷穗。母亲的脚板敲打着田埂

沉闷有力的声响，回应春天

回应老黄牛艰辛的叹息

作为这片土地的主人

母亲卸下重复劳动的烦琐

在秋风里捡拾遗落的谷子，一粒一粒

用最轻盈的动作收藏这些汗水凝结的果实

割去稻谷的田野不再沉重

沃野山川，在星辰和金色的朝霞间

奔忙

100

在假日里，孩子们回到母亲的院子

田野外，蔚蓝的天空展现魅惑的眼神

飞鸟鼓动翅膀越过屋脊和山梁

原野上空有鹰的翱翔

这时红蜻蜓也舒展热烈的翅膀

翻飞的喜悦，冲向火红的枫林

鹧鸪回到田野边上，仰望矗立的水杉

回忆春天曾经历的晦涩

思虑成疾，长成树瘤

或像眼睛或像嘴唇或像耳朵或像肚脐

俨然以肉身之躯感受人间烟火气息

苍老的凉亭，沧桑的田野

春暖花开的日子，在四周延展

我的假日就是它们的节日
带着孩子和家人回到田野的身边
又一次完成诗和远方的冒险

101

我回到乡村，在田野金色的光芒里
寻找耙田耖田的耕种者的身影
实在是一件难能可贵的事
我在与秋风热烈的交谈中
寻找适合乡村音乐的节拍
"牧童骑黄牛，歌声振林越"
曾经模仿古诗里的做法
却找不到合适的歌唱

村庄，母亲亲手建造的花园

从禾花盛开到金谷传音，叮叮当当的声响

闯进老院墙的窗户，送入母亲的怀抱

是劳动创造的自由和丰收献出的喜悦

环顾这养育肉身和智慧的田野

谁情愿把爱情耽搁

即便假期给出的自由足够在睡梦中挥霍

102

坐在庭院里，我听不见大海的声音

松涛对她的秉性，知之甚少

山里的树做成海里的船和桅杆

山风海树描绘出两个春天和田野

面朝大海，那是山野和村树的远方

当松涛抚摸卷曲的发梢

望东方

我想自己可能会置身于一种深渊

枝条、树冠和落叶，与春天紧紧地拥抱

一些鸟鸣被挤压成圆润的卵石

从树缝里落下来，敲打着整座大山

成为鸟鸣的另一个靶子

受伤的不是我的肉身，是清晨或黄昏

鸣击中的露珠，溅起光芒四射

成为羸弱的晨雾，随风飘散

大地的星光，跟大海结下了姻缘

所以照亮山林，也闪耀了一片海滩

大海之外的故乡，在汀江边上

山歌号子里，更多的是江树和南风鱼

在南风里洄游到故乡。爱的力量

逆流而上的翅膀穿行在波涛里

从奋斗中生发的思想，比土地更加厚重

174

103

当第一阵霜风吹过山梁

村里总有人叨叨不停

说南瓜熟了，稻穗在风中拧成了麻花

泥金香也伸出纤细的手指

瓜分这碧蓝碧蓝的天空

母亲无心听他们唠叨

她走到瓜架边，看那些瓜事

像熟睡娃娃的样子

田野一并被它们纳入沉静

在阳光下暴露粉嫩的微笑

女人腾出双手

掌心上全是秋天

挤挤挨挨地，漏下叮叮当当的歌唱
九月，就这样被捏得细碎
把爱和清欢撒给人间

104

为了收割，猎人从海岸归来
一群山雀惊恐于他曾经的目光
从稻田里飞串到树梢
用颤抖的嗓子朝着碧蓝的天空呐喊
多少年了，这种巡山管田的方式
没让他在海上发挥威力

秋风落入大海
山风和海浪从两个地方包裹肉身
水里浪里，山里田里

它们各自展示自己，各自给出秋天的脾性

挂向屋檐的苞米，释放出成熟的热情

温暖他面朝大山的居所

一个被海浪击垮的斗士，回到秋天

故乡的月亮依旧对着山海微笑

挨近身体的光刺痛猎人的胸膛

一身本事到哪里施展

在秋天捧起山下金色的稻田

托举秋天大海的碧蓝

秋风起了，谁会让自己跌倒

海的儿女、山的孩子，在浪里搏击

即使是波涛汹涌的海岸

105

霜降时节，蚂蚁不愿过早打点行装

出行或是归巢

带走什么？带回去什么

这些禁锢它们远行的问题

让喜欢思考的蚂蚁收起前行的脚步

把触角探入水里

感受流水还剩多少秋天的温热

它梦想自己能成为一只鸭子

把春天的喜讯告诉它的乡亲

是离家的树叶拯救冒险的思想

忘记回乡的觅食者和树叶一起

漂泊，艰辛给了它奋飞的梦想

勇敢的蚂蚁、有思想的蚂蚁

行走在大山深处，在春天里走出山脊

一个奋斗者，在季节的轨道上奔忙

玫瑰花也曾盛开，在某一个黄昏

晚霞投下艳丽的光芒，夜幕降临

星光没有到达玫瑰的花瓣

一个奋斗者，奔忙在季节的轨道上

一只以树叶为舟的蚂蚁

还是没有走出秋天的山野

106

芥菜伸出宽大的叶掌接住薄霜

像白头翁顶着圣洁的绒毛

袅袅的炊烟，牵手远山的薄雾

在这透明的早晨，爷爷出发了

跟着那些一起扛枪的战士

薄霜似的离愁笼罩着十月

奶奶的眼角没有泪，露在霜风里的笑容

像风干的菊花，挂在木门框里

爷爷的背影印在她布满血丝的眼底

霜风卷起她的刘海，像是告别的致意
她的目光紧盯着爷爷的腰间
随着脚步一摇一晃的那双布鞋
像杉针扎得人眼疼
后来这种疼折磨了她一辈子

说起这个故事，是在一个中秋的夜里
皎洁的月光照着圆圆的月饼
月饼的温热刚好适合奶奶叙述的语气
"他是去圆他的梦了"
梦醒了，是一半空空的猪兜床
奶奶从没说过自己的梦
但村里的老人曾说过
杨梅坑的枪声曾经振落了一个蚂蚁窝
就落在爷爷经过的那条曲折的山路上

107

在薄薄的族谱上，可读的故事不多

树状的结构图描绘简单的人世沧桑

一个家族，口口相传的故事

奶奶的叙说陪伴着，童年的天空

有花儿飘落，像是闪闪烁烁的星星

黑夜的寂寞连着窗外的青山

油灯下一点一点地散去，除了山村的静谧

还有漫漫长夜和蟋蟀的浅唱低吟

简单的消遣方式，如做针线织毛线

穿线走针，裁剪修补

把充满烟火气的日子串联起来

接近母亲的发髻鬓角

家谱上找不到这些烟火气的东西

被写在树枝上的名字，从根部直到枝叶

与稻谷有关，与爷爷曾握过的鸟铳有关

还有流过家门前的那条溪水

养育了我，养老了祖辈父辈

在宽阔的时空中，翻开扉页

我又一次看清了生生不息的流变的线条

108

比起家谱里的记述，沧海桑田

还有更加艰辛的路程，一些血泪

被忽略在前行的路上

回望中，看见晨风里的露珠和阳光

一些叶子和果实像星子一样耀眼

从春天到秋天，油菜牵出荷花

向日葵把眼光投向高高的彩眉岭

杜鹃凋谢，虹霓飞渡

翠绿的歌唱从山间滑落下来

和村树一起包围我的家乡

红蜻蜓低低地飞过秋天的黄昏

看着这些擦肩而过的朝圣客

它们不做一会儿停留

从花间飞向丛林

在写着福字的窗棂上

用复眼看到了更多的窗棂

从冬天到春天，它们与我的距离

就是一朵花开的距离

蜜蜂用一对翅膀丈量甜蜜的幸福

经过这里的身影

带来虔诚，带走花香

109

母亲坐在院子里的长竹椅上

天高云淡，望断秋风萧瑟

一阵秋风从窗外飘过她的双鬓

白发比秋天的脚步更快

丰收还没有入座到村子中央

鸟兽、村树和溪水围绕着她

有的高亢，有的低回，有的悠长

像是客家山歌喊出的调儿

填满寂静的村庄

庭院外有三棵梧桐和一株桃树

陪在老屋和母亲的身边

它们的叶子在秋风里飘起来

奔跑的样子像一群飞翔的家雀

长椅上的秋天一点一点地向外扩张

发黄的竹节，光洁修长的竹身

庭院里盛放了母亲一个季节的疲惫

她还没有心思提起从河南归来的孙女

她安放从田地里收回的每一粒谷子时

也在安放好所有的牵挂

就像保存惊蛰落种时的美丽心情

让落地的种子都成长为秋天的果实

还有一些因为成熟而凋零的花瓣

母亲坐在长椅上，电话响了

叮叮当当的铃声像秋风吹过竹林

按下确定按钮，秋天

是否也会延展到电话那头

或者是更加久远的新世纪

110

天河核心舱绕着蓝色星球又飞翔了一圈

住在空间站的亲人一定又看见了东方巨轮

乘风前行，雪峰草地、森林海洋

江河湖泊、高原丘陵、盆地海岛

祖国大地的每一条河流、每一绺山脉

每一片绿洲、每一方水域

进入巡天遥看的视野

春山春水，秋光胜景

看见祖国的那么多村庄

正在昂首阔步前行

不知道，他们有没有看清乌石

我的村庄，杨梅坑、深寨里、横墩上……

是一个蓝色的点，还是一只休憩的小鸟

落在高高耸起的石头上，仰望苍穹

历数着一次次惊心动魄的飞天之旅

在故乡向上的道路上到达梦想的高度

菊花开了，穿过河西走廊的金风翻越喜马拉雅

祖国那么多村庄

在金风里展开如画的风景

迎接东方的朝霞

走向下一个色彩缤纷的季节

图书在版编目(CIP)数据

望东方/熊永富著. －福州:海峡文艺出版社,2025.4
ISBN 978-7-5550-3969-3

Ⅰ.Ⅰ227

中国国家版本馆 CIP 数据核字第 202421JW51 号

望东方

熊永富　著
出 版 人　林　滨
责任编辑　朱墨山
出版发行　海峡文艺出版社
社　　址　福州市东水路 76 号 14 层
发 行 部　0591－87536797
印　　刷　福建新华联合印务集团有限公司
厂　　址　福州市晋安区福兴大道 42 号
开　　本　787 毫米×1092 毫米　1/32
字　　数　70 千字
印　　张　6.125
版　　次　2025 年 4 月第 1 版
印　　次　2025 年 4 月第 1 次印刷
书　　号　ISBN 978-7-5550-3969-3
定　　价　66.00 元

如发现印装质量问题,请寄承印厂调换